します!
6
COMBATANTS WILL BE DISPATCHED!
「締め切りがずっと先の仕事を前倒しでやっているので、休憩ならいつでも取れますが……」
バイパー
VIPER
秘密結社キサラギの幹部に
転職した元魔王。
戦闘から業務処理まで
あらゆる点で非常に優秀。
ただし、純粋で優しい性格が災いし、
肝心の悪事が働けない。
ROKUGOU'S VIEW
バイパーちゃん、
今やってる仕事はいつ終わるの？
この巻のメインヒロイン

CONTENTS

COMBATANTS WILL BE DISPATCHED!

口絵・本文イラスト／カカオ・ランタン

キサラギ＝アリス
KISARAGI ALICE
ロゼ
ROSE
キサラギ
SUMMER VACATION（※内容とは一切関係ございません）

アスタロト
ASTAROTH
リリス
LILITH
ベリアル
BELIAL

戦闘員、派遣します！６

暁　なつめ

角川スニーカー文庫

22150

プロローグ

俺の目の前のモニターで、最高幹部の一人であるアスタロトがニコニコしていた。

『よくやったわ、戦闘《せんとう》員六号。商売敵《しょうばいがたき》である魔王《まおう》軍の制圧、ご苦労様でした』

アスタロトが上機嫌《じょうきげん》なのも当然だ。

エリート戦闘員である俺の活躍《かつやく》により魔王軍は秘密結社キサラギの傘下《さんか》に入った。

最大の商売敵が消えた事で、今後の惑星侵略《わくせいしんりゃく》はだいぶ楽になるだろう。

「そう言ってくれるならそろそろ俺を幹部にしてくださいよ。勤続年数は最長で、キサラギに対する深い忠誠に実績だってある。新入りのバイパーちゃんが幹部になったのに、なんで俺がダメなんですかねえ？」

『だって、あなた弱いじゃない』

…………。

「おい」

『だってあなた弱いじゃない。どんな戦場でも生き残るしぶとさだけはあるけれど……』

この女はなんて酷《ひど》い事を言うんだろう、あとどうして二回言った。

「人を改造人間にしといて弱いとか、また随分《ずいぶん》な言い草じゃないですかねえ？　っていうか俺がパッとしないのは、最初期の改造手術を施《ほどこ》されたからだろ！　俺の後輩《こうはい》は皆《みんな》最新の手術でどんどん強くなってくし、バージョンアップとか無いのかよ！」

『バージョンアップ……。出来ない事はないらしいけど、元の素体が悪いと成功率が……』

と、言い淀《よど》みながら心配そうな表情を浮《う》かべるアスタロト。

それはアレか、俺の体が粗悪《そあく》品って言いたいのか。

「……まあ、リリス様の手術をもう一度受けるとかゾッとするんで、このままでいいですけど……。それより、地球への帰還申請《きかんしんせい》出してもいいですか？　こっちは一応落ち着いたんで、しばらく日本で羽伸《の》ばししたいんですよ」

こっちの星で手に入れた金貨を地球に持ち込めば、それなりのお小遣《こづか》いになりそうだ。

それに、この星では日本円が使えないので、俺の口座に振《ふ》り込まれ続けている給料が大分貯《た》まっているはずだ。

『あなた、ついこないだまで帰りたくなさそうだったのに、どういう風の吹《ふ》き回しなの？』

「そりゃあもちろん、アスタロト様の顔を直接見たいからに決まってます」

そりゃあもちろん、悪行ポイントがマイナスからプラスにまで復活したからです。

『そそ、そう！　……まあ確かに、あなたがキサラギに入社してから、こんなに長く会えなかった事なんてなかったものね。……でも、今はまだ帰還の許可は出せないわ』

…………？

「何ですか急に。アスタロト様こそ、ついこないだまで早く帰って来いって色目使ってたじゃないですか」

『別に色目は使ってないわよ！　というか、魔王軍を傘下に置いたのは褒《ほ》めてあげるけど、まだトリスという国と交戦状態なんでしょう？　最後まで頑張《がんば》って、カッコイイとこを見せてみなさい』

からかうようにそう言って、クスクスと笑うアスタロト。

何だかんだでチョロい俺も、いつもならそれだけで乗せられていたのだが。

「急にこっちに送られたから、一度アパートに帰りたいんですよ。家で飼ってるサボテンも気になるし、冷蔵庫の中が大変な事になってる気がするんです」

……と、モニター越《ご》しのアスタロトが気まずそうに目を逸《そ》らし。

『……あなたのアパートならもう無いわ』

そんな、意味の分からない事を呟《つぶや》いた。

「…………？　もう無いってなんスか？　まさか、家に帰らな過ぎて追い出されたとか？でも家賃は引き落としのはずなんですが」

『…………あなたの住所がヒーロー達に漏《も》れたみたいで、つい先日爆破《ばくは》されたわ』

ちょっ……!?

「なんすかそれ!?　俺みたいな雑魚《ざこ》の家がなんで襲撃《しゅうげき》されるんですか！　っていうか、コレって労災扱《あつか》いになりますよね？　家具とか服とかそういうのも、キサラギが揃《そろ》えてくれるんですよね!?」

　アスタロトは俺の言葉をスルーすると、

『さあ、あなたは帰ってくるにはまだ早いわ！　現在、地球では温暖化と食糧難《しょくりょうなん》が深刻なまでに進み、もう一刻の猶予《ゆうよ》も残されていないの！　期待しているわよ六号！　人類の未来はあなたの活躍に懸《か》かっているわ！』

「おい、住むとこちゃんと用意しろよ！　任務を終えたら何もかもが無くなってたなんておかしいだろ！　……なんか電波悪いみたいな顔して誤魔化《ごまか》すんじゃねえ、ちゃんと聞こえてるだろ！　……あっ、切りやがっ……。地球に帰ったら覚えてろよ、絶対泣かせてやるからなあああああああああ！」

一章　異星探索紀行

1

近隣《きんりん》を荒《あ》らしまわっていた巨大《きょだい》魔獣《まじゅう》『砂の王』が討伐《とうばつ》され、盛大《せいだい》な祭りが催《もよお》されてから一月《ひとつき》が経《た》った。

祭りの最中に魔王が華々《はなばな》しく自爆した事で、魔王軍と人類の戦いに幕が下ろされた。

グレイス王国により戦争の終結が宣言され、俺達のアジト街では、受け入れられた魔族達が割り振られた仕事に励《はげ》み、街は活気に溢《あふ》れている。

アジト街近くの大森林からは時折蛮族《ばんぞく》や魔獣が襲《おそ》ってくるが、キサラギの戦闘員達がそれらを危なげなく撃退し――

「バイパーちゃん、今やってる仕事はいつ終わるの？　ゲームばっかやるのも飽《あ》きたし、休憩《きゅうけい》がてらにハイネの仕事を邪魔《じゃま》しに行こうぜ」

　俺達は現在、平穏《へいおん》な日々を満喫《まんきつ》していた。


「締《し》め切りがずっと先の仕事を前倒《まえだお》しでやっているので、休憩ならいつでも取れますが……。仕事の邪魔はダメですよ、六号さん。ハイネをいじめないであげてくださいね？」

　ソファーに寝転《ねころ》んだままゲーム機をテーブルに投げ出した俺に、書類にペンを走らせていたバイパーが困り顔で言ってくる。

「いじめじゃないよ、女の子への嫌《いや》がらせは男の子の愛情表現だからね。好きな子についい意地悪しちゃうヤツさ」

「なるほど……。という事は、六号さんはハイネの事を……？」

　そういった浮いた話をするのは初めてなのか、バイパーがどこか期待したような表情で尋《たず》ねてきた。

「顔と体は好みだよ」

「六号さんの、何事も本音で話すところ、正直嫌《きら》いじゃないですよ。でも本人には言わないであげてくださいね？」

ここはバイパーの執務《しつむ》室。

魔王からキサラギの女怪人《かいじん》に転職したバイパーに、アリスから正式に与《あた》えられた幹部部屋である。

ちょっぴり豪華《ごうか》なこの部屋は、今ではすっかり俺の溜《た》まり場と化していた。

……と、そういえば。

「バイパーちゃんは回復魔法以外に何か特殊《とくしゅ》能力とか持ってるの？　ハイネやラッセルみたいに、火を出したり水を出したりとか、そんなヤツ」

「特殊能力、ですか？　私は時魔法を得意としています。時間を巻き戻《もど》して人の怪我《けが》や壊《こわ》れた物を直したりだとか。後は、作物の時間を進めて生長を早めたりも出来ますよ」

なるほど、時間操作系か。

アニメやゲームだと強キャラ確定の力じゃないか。

「……って事はひょっとして、時間を止めたりも出来るの？　バイパーちゃん超《ちょう》すげえじゃん、風呂《ふろ》や着替《きが》え覗《のぞ》き放題じゃないか！」

「時間停止は膨大《ぼうだい》な魔力が必要なので無理です、というか出来たとしても、そんな事しませんよ！　……まったく、六号さんはどうしてそう悪い事ばかり考えるんですか？」

まるで小さな子供を諭《さと》すように、困った顔で言ってくるが。

「悪の組織の女幹部が何言ってんの。バイパーちゃんはむしろ、純真無垢《むく》な俺をそそのかして悪の道に引きずり込む側の人間だからね？」

そう、バイパーはもう悪の組織である秘密結社キサラギの幹部なのだ。

きっと遠くない未来には悪堕《お》ちバイパーが見られる事だろう。

「わ、私がですか!?　……そうですね、勿体《もったい》なくも幹部という職に就《つ》けて頂けたのですし、全身全霊《ぜんれい》をもって六号さんを悪の道に……。……あの、具体的には何をすればいいのでしょうか？」

「悪の女幹部なら、やっぱエロい体で誘惑《ゆうわく》してたらし込むのが基本だな。バイパーちゃんのピッチリスーツはちょっとだけエロいけど、もっと露出《ろしゅつ》を増やすべき……その目は何なのバイパーちゃん、ひょっとして俺を疑ってる？」

バイパーはなぜかこちらを上目遣いのじと目で見ながら、何か言いたそうに口元をむにむにさせている。

「その……。六号さんは、私にエッチな格好をさせたいだけなのではと思いまして……」

ここのところのからかいが過ぎたのか、バイパーが俺に対して警戒《けいかい》するようになってしまった。

バイパーの就任当初、女幹部は戦闘員を労《ねぎら》うのも仕事なんだよと、膝枕《ひざまくら》で耳かきさせたりマッサージさせたりしていたのだが日に日に騙《だま》され難《にく》くなっている。

今も怪人ヘビ女のちょいエロスーツではなく、魔王バイパーの時の私服を着ていた。

だが悪の組織の女幹部がエロいのは本当だ。

「キサラギの幹部連中も、頭脳担当のリリス様以外はエロいだろ？　元魔王軍幹部のハイネだって裸《はだか》みたいな格好じゃん」

「い、言われてみれば確かに！」

と、その時だった。

執務室のドアがそっと開けられ——

「ごめんなさい、六号さんの事を少しだけ疑ってしまいました……。私、ハイネのようにエッチな幹部を目指します！」

「バッ……!?　バイパー様、大声で何を口走っているのですか！　突然《とつぜん》バカな事をおっしゃらないでください!!」

バイパーの宣言にツッコんできたのは、タイミング良く部屋に入ってきたハイネだった。

「おい邪魔すんなよ、バイパーちゃんが覚醒《かくせい》の時を迎《むか》えたんだぞ。お前はとっとと仕事に戻れ」

「何が覚醒だ、バカにしやがって！　バイパー様に妙《みょう》な事吹き込むのは止《や》めろよな！　……違《ちが》う、そうじゃない！　こんな事しに来たんじゃない！」

ハイネはそう言ってバンバンと壁《かべ》を叩《たた》くと。

「トリスを調べに行っていた連中が帰ってきたらしい。アリスが会議室に来いってよ！」

——隣国のトリスが消滅《しょうめつ》した。

最初にその報告を聞いた時は意味が分からなかったのだが、何でも、突如《とつじょ》現れた謎《なぞ》の勢力にあっという間に侵略《しんりゃく》され支配下に置かれたらしい。

正確にはトリス王家が無くなったという事なのだが、謎の勢力とやらが何なのかも分からなければ、スノウが言い寄っていた王族のおっさんも行方《ゆくえ》知れずとの事。

「偵察《ていさつ》部隊からの報告だと、トリスの首都は出入りが制限され、中の様子は分からないらしい。今のところウチに侵攻《しんこう》してくる気配はなく、こいつらが敵かどうかも分からねえ。魔王軍を降《くだ》した以上、後は孤立《こりつ》したトリスを落とすのも時間の問題だったんだが……。横から美味《おい》しいところを攫《さら》っていかれた形だが、しばらくは様子見だな」

会議室のテーブル中央で、司令官のようにふんぞり返ったアリスが言った。

俺は生意気な態度を取るアリスの隣《となり》で、その頭をグリグリと押さえ付ける。

「様子見だあ？　普段《ふだん》は強気なクセに今回はやけに大人しいじゃねーか。横から獲物《えもの》を奪《うば》われたんだぞ、ここで黙《だま》ってられるかよ！」

　俺の言葉を皮切りに、その場にいた戦闘《せんとう》員達も騒《さわ》ぎ立てた。

「六号が珍《めずら》しく良《い》い事言った！　そうだ、舐《な》められたままでいられるか！」

「侵略だ！　元トリスを侵略しろ！」

「どこのどいつか知らねえが、横取りなんて許せねえ！　やっちまえ！　どいつか知らねえがやっちまえ！」

　血の気の多いモブ達が拳《こぶし》を振《ふ》り上げ気勢を上げた。

「大体偵察部隊は何やってんだ！　敵の正体も分からなきゃ、中で何やってるかも分からない？　はーっ、本当に使えねえ！　オラッ、この給料泥棒《どろぼう》の役立たず共が！　少しでも申し訳ないと思ってるんなら、ここにいる全員に泥棒した給料分で酒買って来い！」

「おう、六号の言う通りだ！　奢《おご》りが嫌なら、お前らもう一回行って来い！」

「制裁だ！　役立たず共を制裁しろ！」

「未開な星のしょっぱい国を偵察すら出来ないってどうなんだ？　上等な装備を持ってるクセに、キサラギの技術の持ち腐《ぐさ》れなんじゃないですかねえ!?」

　俺達はどこか気まずそうな偵察部隊の面々をここぞとばかりに糾弾《きゅうだん》する。

自分のミスは極力誤魔化し、相手のミスはとことんまで追及《ついきゅう》するのがキサラギ流だ。

「コ、コイツら……！　俺達だって遊んでた訳じゃねえよ！　トリスの正門前に、バカでかいトラ型の魔獣が陣取《じんど》ってやがったんだ！　前回俺達が戦った、あの砂の王ってヤツと同じぐらいのサイズのヤツが！」

……マジかよ。

そんな俺の気持ちを代弁するかのように静かになった会議室。

「とまあ、そういう事情でしばらくの間は様子見だ。根っこのところはチキンなお前らの事だ、危ないと分かっていれば大丈夫《だいじょうぶ》だとは思うが、一応大人しくしておけよ」

と、そこにアリスの声がやけに響《ひび》いた。

何だか図星を指された気持ちの俺は、誤魔化《ごまか》すようにアリスの頭を押さえ付け、

「だ、誰《だれ》がチキンだって言うんだよ！　俺達は怖《こわ》い物知らずの荒《あら》くれ者、キサラギの戦闘員だ！　砂の王は銃火器《じゅうかき》が効かなかったから苦戦しただけで、他《ほか》の魔獣ならイチコロよ！　……なあお前ら、そうだろ!?」

「おお、おう、ビビってねーよ！　な？　怖くねーよな!?」

「ちょっと腹の辺りがキュッてなったけど、まだ余裕《よゆう》よ！」

「砂の王か……。い、いや、銃火器が使えれば銃弾《じゅうだん》の雨で穴だらけだけどな!?」

空元気気味にいきり立つ戦闘員を前に、俺にグリグリと頭をかいぐられながらアリスが言った。

「アホなお前らに説明してやる。この星に残された戦闘車両やオーパーツ、メカトカゲに光学兵器。そこにきて一夜で滅《ほろ》んだトリスの前に、砂の王サイズの巨大魔獣《きょだいまじゅう》が現れたときた。謎の相手は地球以上の技術や近代兵器、もしくは生物兵器を所持している恐《おそ》れがある。お前らが日頃《ひごろ》言ってた、現地人を相手に俺ツエーとやらは出来ないと思えよ？」

騒いでいた戦闘員がピタリと黙る。

と、それまで無抵抗《むていこう》にかいぐられていたアリスが、動きを止めた俺を真っ直《す》ぐ見詰《みつ》め。

「まあ、お前ら戦闘員の命の値段を考えれば、一個小隊ぐらいなら試《ため》しに突撃《とつげき》させてみるのも……」

「なんで俺を見ながら言うんだよ！　アレか？　こないだお前の命令を無視したから、それで未《いま》だに根に持ってんのか⁉　信じてやれなくて悪かったよ！　ごめんな！」

「毎度毎度言ってるが、俺達の命に値段を付けるな！」

「ここに居るのは歴戦の戦闘員ばかりなんだぞ、もうちょっと大事にしろや！」

俺達の非難を受けアリスがやれやれと首を振る。

「ならさっきも言った通り、当面は様子見だな、しばらくはアジト街の発展に努めるぞ。

ゲームなんかで言う内政パートってヤツだ、今度こそちゃんと言う事を……おい、独断でアホな事をするんじゃないぞ？　おいお前ら、任せとけみたいな自信満々のドヤ顔止めろ。これは前フリじゃねえからな！」

2

アリスと共に会議室を出ると、廊下《ろうか》の曲がり角から聞き慣れた声が聞こえてきた。

（ダ、ダメですよ、そんな事……。それに材料の買い付けは、既《すで》に業者が決まってますから……）

（材料なんてどこで買っても同じだろう？　私の知り合いに、肉を安く売ってくれる男がいるのだ。そいつから買い付けて、差額を……な？　分け前はちゃんとやるから……）

漏《も》れ聞こえてくる囁《ささや》き声に、俺とアリスは頷《うなず》き合うと……。

「確保だコラあああああああ！」

「ああっ⁉　いきなり何をするっ！」

俺は曲がり角の向こうで密談を交《か》わしていたスノウを取り押さえた。

「何をするじゃねーよ不正女が！　怪《あや》しい肉食わせようとしやがって！」

アジトへ食材の納入を行っている魔族の男が、アリスに今のうちに早く行けと追い払《はら》われる。

俺に取り押さえられたスノウは、自分を捕《つか》まえたのが誰なのかを確認《かくにん》すると、

「ふ、不正女とはなんだ！　私はちょっとした冗談《じょうだん》を言っていただけで、まだ実行に移したわけではないぞ！　そう、悪の組織ならではのキサラギジョークだ！」

コ、コイツ、俺ですら言わないキサラギジョークなんて言葉を使いやがって……！

「お前は見習い戦闘員のクセに、順応が早過ぎるんだよ！　悪の組織に染まり過ぎだ！　横流しで取り押さえられるのはこれで何度目だと思ってやがる！」

一時的な措置《そち》なのだが、スノウがウチの組織に移籍《いせき》した。

ここ最近のスノウはグレイス王国でのやらかしが多く、一部の貴族から何かと問題視されているらしい。

王家への批判を躱《かわ》す意味合いも兼ねて、コイツの主君であるティリスから一時的に預かってくれと打診《だしん》されたのだ。

本当は完全に移籍する話だったのだが、騎士属性を取り上げたら何も残らない事を自覚

しているのか、本人が泣いて嫌《いや》がり今の状態となった。

元々コイツは何かとアジトに出入りしていたし、同僚《どうりょう》とも顔見知りだ。

それ以外にもティリスから、ロゼやグリムが移籍するなら仲間はずれも可哀想《かわいそう》なので……とこぼされ、とりあえず預かってみたのだが……。

「悪事に励《はげ》むのは結構だが、食材の横流しだけは止めておけ。戦闘員は体が資本だ、飯だけは良い物食わせねえとな」

「おいアリス、不正女を甘やかすな！　じゃないとコイツ、またやるぞ！」

悪の組織に適性があったのか、スノウはウチに来てからやたらと元気だ。

「コイツ、ここに来てから毎日生き生きしやがって！　ちょっと前までの深刻そうな雰囲《ふんい》気《き》はどこいったんだよ！　俺をスパイだなんだと追及してた頃の、真面目《まじめ》な騎士《きし》団長を返してくれ！」

「う、うるさい、私は元々こんな感じだ！　……というか、生き生きしているように見えるのか？　……くっ、私とした事が、以前のように小隊の皆《みんな》が揃《そろ》った事でちょっと浮《う》かれていたようだ……」

そう言って顔を赤くするスノウだが、その事ではなく横流しの方を恥《は》じるべきだろう。

未だに取り押さえられたままのスノウの傍《そば》に、アリスは身を屈《かが》めると。

「……で、お前さんがここに居るのはいいとして、後の二人は何してるんだ？」

――アジト街の配給所で、魔族を前にしたグリムが穏《おだ》やかな笑《え》みを浮かべていた。

「さあどうぞ。熱いから気を付けて……。怪我《けが》をしているようですが、無理はしないでくださいね？」

「あ、ありがとうございます。……あの、もう手を離《はな》してもらって大丈夫ですよ？　このくらいの傷なら皿を落としたりしませんから……」

手を怪我した魔族の少年が、グリムからシチュー皿を手渡《てわた》されているのだが……。

「本当に大丈夫？　お姉さんが食べさせてあげましょうか？」

「だ、大丈夫です！　ああ、あの……僕はこれで！」

シチュー皿を手に、顔を赤くして駆《か》けていく魔族の少年。

それを微笑《ほほえ》ましく見送っていたグリムが俺とアリスに気付いたようだ。

「あら、二人ともどうしたの？　こっちの方は段々配給の受け取りが減ってきたわ。街のあちこちに飲食店も出来たみたいだし、そろそろ配給の必要も無くなりそうね」

「そうか、ご苦労さん。まあ、それはいいんだが……」

と、笑みを浮かべるグリムの前に、魔族の少女がおずおずと皿を差し出す。

「あの……」

少女が何かを言う前に、グリムは皿にシチューを手早くよそって突《つ》き返す。

「ありがとう！」

「お礼はいいからさっさとお食べ！　でも熱いから気を付けるのよ！　さあ、次の人！」

満面に笑みを浮かべる少女をぶっきらぼうに追い払い、シチューを搔《か》き混ぜて冷ますグリムに、俺は思わずツッコんだ。

「おい」

「なに？　ここは人手なら間に合ってるわよ。むしろ私一人に任せてちょうだい。うふふふ、純真無垢《むく》な少年達を今のうちに餌付《えづ》けするの。そうすれば、年上の綺麗《きれい》で優《やさ》しいお姉さんに憧《あこが》れを抱《いだ》く子が現れるわ。これは未来への投資よ、たとえ隊長といえども邪魔《じゃま》させないわよ」

コイツは今のうちに隔離《かくり》すべきじゃなかろうか。

というか、一番配給を任せちゃいけないヤツな気がする、男の子と女の子への対応が違《ちが》い過ぎだろ。

……と、俺に言い返しながらもテキパキと作業していたグリムが止まる。

グリムの前には皿を手にした犬の着ぐるみが……。

「あなたロゼでしょう！　この配給はアジト街の魔族の分よ！　あなたはキサラギから食事を貰《もら》ってるんだから、あげないからね！」

　いつぞやの着ぐるみに入ったロゼがしれっと配給を待っていた。

「綺麗なお姉さん、ご飯ください！」

「今さら取って付けたようなお世辞を言ってもあげないわよ!?　ほら、代わりに私のお菓《か》子《し》あげるからあっちにお行き！　……なんで隊長まで手を出してるのよ、あなたは自分で買いなさいな！」

　何だかんだで甘いグリムがポケットからお菓子を取り出し……。

　そんな、ここのところすっかり日常と化した光景に、アリスが腕《うで》を組んで呟《つぶや》いた。

「コイツら全員、戦闘《せんとう》以外になると本当に頼《たよ》りねえなあ……」

3

　翌日。

「それじゃあお前ら、留守を頼《たの》むぞ」

　アジト街から森へと続く門の前。

怪人《かいじん》ヘビ女と化したバイパーの隣《となり》で、リュックを背負ったアリスが言った。

そんな二人を見送るのは、戦闘員を除いたいつもの面々。

「ああ、この街の統治は任せておけ！　以前から内政には凄《すご》く興味があったのだ！　いいや、もの凄く興味があったのだ!!」

と、お留守番組のスノウがなぜかテンション高く言ってきた。

コイツが興味があるのは賄賂《わいろ》とか賄賂とか賄賂の事だろ。

「分かったわ、私とロゼはスノウが余計な事をしないように見てればいいのね？」

「任せてください、スノウさんが悪い事をしたら齧《かじ》ってでも止めますから！」

「お、お前達、ここに来てから段々私に容赦《ようしゃ》がなくなってきたな……」

グリムとロゼの反応に、スノウがちょっとだけ複雑そうな顔で呟いているが……。

「……留守を頼むって、お前一体どこ行く気だ？」

「バカデカいメカトカゲや蛮族《ばんぞく》のせいで、これまではキチンと周辺調査が出来なかったからな。情勢が落ち着いている今のうちに辺りを調べ、使える資源や工業開発用の水場を確保したい。要は探索《たんさく》任務だな」

……。

「おい待て、お前一人だけそんな楽しそうな冒険《ぼうけん》の旅に出るつもりかよ！　弱っちいお前じゃ危険が危ないだろ、俺も連れてけ！　戦闘スペックは子供並みなんだから、戦闘員の護衛が必要なはずだ！」

　するとアリスは、同じくリュックを背負ったバイパーを指し。

「護衛なら間に合ってるぞ。今回はバイパーを連れてくからな。コイツならお前らより強い上に頭も良《い》いし、この世界の常識もある。どう考えても戦闘員よりバイパーだろ」

「あ……。え、ええと、頑張《がんば》ります……」

　そう言ってペコリと頭を下げるバイパーだが、これはぐうの音も出ない。

　いやちょっと待てそうじゃない！

「待てよアリス、お前の相棒はこの俺だろ！　バイパーちゃんさあ！　優秀《ゆうしゅう》なのはいいけれど、俺の立ち位置盗《と》らないでくんない⁉」

「すす、すいません、ごめんなさい！　あの、アリスさん……、六号さんもこう言っている事ですし、私は執務《しつむ》室で仕事をしていた方が……」

　バイパーがビクビクしながら進言するが、しかしアリスは首を振《ふ》り。

「どのみちこの世界に精通しているヤツは必要だからな。かといって、他《ほか》の現地人三人はポンコツだし、最初から選択肢《せんたくし》なんてねーだろ」

「おいアリス、私は元エリートだぞ！　それをポンコツ呼ばわりはいかがなものか！　…

…いや、というか気になっていたのだが、六号はともかくアリスまでヘビ女殿《どの》の事をバイパーと呼ぶのだな……。それに、その言いようだとバイパー殿はこの星の者なのか……？」

一人よく分からない事を呟き何やら悩《なや》むスノウをよそに、俺はアリスに食って掛《か》かった。

「頼むよアリス、だって俺って相棒じゃん！　お前、ここんとこなんか指揮官みたいな事やってるせいでちっとも構ってくれないし、たまには相手してくれよ！　それにいくらバイパーちゃんが強くても、女二人じゃ危ないって！」

もうハッキリ本音を言うと、アジト街でのチマチマとした書類仕事や内政よりも、謎《なぞ》と冒険に満ちた惑星《わくせい》探索に付いて行きたい。

その小さな肩《かた》を掴《つか》んで揺《ゆ》さぶっていると、アリスはアンドロイドのクセに悩ましい表情を浮かべ息を吐《は》いた。

「……しょうがねえなあ。それじゃあお前さんも来るといいよ。でも、初めてこの国に来た時みたいにアホな事はやらかすなよ？　お前は雨を降らすアーティファクトにイタズラした前科があるからな」

俺はアリスが背負っていたリュックを奪《うば》うと、それを肩に掛けながら。

「イタズラとやらには心当たりが無いけど任せとけ。なーに、お前らに近付く蛮族は有無《うむ》を言わせずワンパンよ」

「そういう事すんなって言ってんだこの野郎《やろう》、今回の探索では近隣《きんりん》蛮族の懐柔《かいじゅう》も視野に入れているんだからな？」

そんなアリスの言葉を聞きながら、俺はウキウキでリュックを背負う。

と、俺の後に続きながら、バイパーがアリスに尋《たず》ねた。

「アリスさん、他の戦闘員の方にはこの事を言わなくていいのでしょうか？　六号さんのように、同行を希望する方もいるのでは……」

「そりゃあいるだろうな。というか、平穏《へいおん》に飽《あ》きた連中はほぼ全員が付いてきたがるだろうから、面倒《めんど》くせえし放《ほう》っておく。土産《みやげ》の一つも持って帰れば忘れるさ」

アリスが当然のようにそう言うが、確かに面倒な事になりそうだ。

機嫌《きげん》を損《そこ》ねると面倒そうなトラ男は、ドラゴンの物以上の魔導石を探しに旅に出た。

他の戦闘員達に関しては単純なので、バイパーが上目遣《うわめづか》いで土産を渡せば即座《そくざ》に機嫌を直すだろう。

そして……。

「スノウは街に残るって言うし、グリムは足回りが森の探索に向いてないからな」

「ええ、私は都会っ子だから森の中は遠慮《えんりょ》しとくわ。スノウの見張りもあるからね」

アリスに足下《あしもと》に視線を向けられたグリムは、微笑《びしょう》を浮かべて膝《ひざ》の上に両手を置く。

「あたしとしては、付いて行って森で魔獣《まじゅう》を狩《か》って食べてもいいんですけど……」

「お前は戦闘力に関しては問題ないが、頭の方が足りないからな。今回はアジトで大人しく、アリスからの宿題の算数ドリルをやっておくんだ。……おっと、その目は何だ？　ふふん、俺は義務教育を受けてるからな、仲間じゃないぞ」

「……頭のレベルではロゼと同レベルのお前さんがマウント取ってるのが気になるが……。それじゃあ二人とも、用意はいいか？」

俺にリュックを奪われて身軽になったアリスが言った。

「バイパーちゃんは探索任務は初めてだよね。道中は過酷《かこく》なサバイバルになるけど甘やかさないからね？　でも、どうしても困ったらベテラン戦闘員の俺に頼るといいよ」

「はい、その時は頼りにさせていただきます、六号さん。足を引っ張らないように頑張りますので……！」

そう言って頷《うなず》き合う俺達に、アリスがいつになく好戦的な表情で。

「探索目標は使える資源の発見と水場の確保、そして蛮族どもの懐柔だ！　そして何より、この星に棲息《せいそく》している物理法則無視のファンタジー生物の謎を暴《あば》くぞ！」

コイツ、目標の選定に思い切り私情を入れてやがる。

グリフォンが空を飛ぶのは航空力学的にあり得ないとか言ってたし、オカルトを目の敵《かたき》にしているアリスとしては放っとけないのだろう。

……まあ、前回はバイパーが自爆《じばく》したように見せかけて助けたりと何だかんだで良い仕事をしてくれたのだ、今回は気難しい相棒に付き合ってやるのもいいだろう。

「グリフォンでもドラゴンでも何でもいい！　進化論や航空力学に喧嘩《けんか》を売る生物は、科学の力で殲滅《せんめつ》してやる！」

親の敵のようにオカルトを憎《にく》むアンドロイドは、声高《こわだか》に宣言した――！

4

「アリス！　アリース！　助けてアリス！　コイツ、銃《じゅう》が効かねえの！」

ハンドガンを両手で構えながら、早くも付いてきた事を後悔《こうかい》していた。

「ちょっと待ってろ、こういった連中の駆除《くじょ》は任せとけ。今、キサラギ社特製掃除機《そうじき》を転送して貰うから」

森の奥深くへと足を踏《ふ》み入れた俺達は、なぜか薄緑《うすみどり》色に輝《かがや》く謎の光球に追われていた。

いや、正確には追われているのは俺一人だけ。

フヨフヨと漂《ただよ》うそれは、どうした事かピッタリと俺の後をくっ付いてくる。

「それは風の精霊《せいれい》です。人に無害な存在なので、怖《こわ》がらなくても大丈夫《だいじょうぶ》ですよ。精霊達はこの世界に様々な恵《めぐ》みを与《あた》えると言われていて、各地で崇《あが》められているんです」

バイパーが、まるで微笑《ほほえ》ましいものを見る目で俺と精霊の追いかけっこを眺《なが》めて言った。

「精霊とか、また訳の分からねえのが出てきやがったなあ。……よし」

アリスは掃除機の転送を見送ると、様々なサンプルの採取用に持ち歩いているガラス瓶《びん》の蓋《ふた》を開け、

「風の精霊ゲットだぜ」

「アリスさん!?」

瓶の中に精霊を閉じ込めた。

「……ふう、助かったぜアリス。武器が通じる相手ならどうにかなるが、こういったお化けみたいなヤツは苦手でな」

「いいって事よ、互《たが》いに得意分野ってもんがあるからな。アジトに帰ったらコイツはキサラギに送ってやろう。珍《めずら》しい生き物だから高値を付けてくれるはずだ」

「せ、精霊を売っちゃダメですよ！　とても神聖な存在なんですよ!?」

瓶に蓋をするアリスに向けて真面目《まじめ》なバイパーが訴《うった》えかける。

俺はそんなバイパーにチッチと指を振りながら。

「バイパーちゃんは分かってないな、それでもキサラギの幹部なのか？　俺達は悪の組織なんだぜ？　そう、ダメな事は進んでやるのが悪ってもんさ」

「ッ⁉　そ、そうでした！　私、悪の組織の幹部でした！」

バイパーはハッとすると、瓶の中で漂う精霊をジッと見詰《みつ》め、覚悟《かくご》を決めた表情で……、

「……フフッ、いかに貴方《あなた》が神聖な存在であろうとも、我らが崇めるはずもなく……！」

「バイパーちゃん、風の精霊逃《に》げちゃったよ」

「発光する羽虫の群れかとも思ったが、コイツはどんな生き物なんだ？　……まあ、弾丸《だんがん》すら通り抜《ぬ》けるならガラス瓶だってすり抜けるよなあ」

瓶に話し掛けていたバイパーが、赤くなった顔を両手で覆《おお》って蹲《うずくま》る中、脱出《だっしゅつ》した風の精霊は再び俺の周りに漂ってきた。

「お前さんは変なのにばかり好かれるな。人外が好む電波でも出てるのか？」

「漫画《まんが》やゲームなんかだと、精霊さんは心が綺麗《きれい》な人間を好むんだぞ。それで、コイツみたいな弱そうなのを虐《いじ》めたりすると精霊の親玉が逆襲《ぎゃくしゅう》に来るんだ」

漂う精霊と赤い顔で蹲るバイパーをそのままに、俺はあらためて辺りを見回した。

水場を確保したいというアリスに連れられた俺達の前には、見渡《みわた》す限りの湖が広がって

いる。

海と見紛《みまが》うほど巨大《きょだい》な湖は驚《おどろ》くほどに澄《す》んだ水色を湛《たた》えており、この星の手付かずの自然がいかに素晴《すば》らしいかが見て取れた。

遠くには富士山を超《こ》える標高の山々が連なり、樹齢《じゅれい》何百年かも分からないような深い森が湖の傍《そば》に広がっていて……。

「……なあアリス。俺、こんな綺麗な光景を見ちまうと、自分のやってる事は本当に正しいのかと思っちまうよ。この湖は建設予定の工場のために使うんだろ？　俺、思うんだ。ここに人の手を入れてもいいのかな、って……」
「お前さんにも人の心が残ってたって事さ。アンドロイドの自分には分からねえ感情だが、その心を大切にな」
「六号さん……」

何だかしんみりとする俺の背中を、アリスとバイパーが見守っていた――

「アリス、とっとと使える資源とやらを見付けて侵略《しんりやく》計画を進めようぜ。あそこにたくさん木材が生えてるし、工場だけじゃなくログハウスも作ろう。幹部連中とバーベキューするんだ。綺麗な湖があるって言えば水着持ってくるだろうからな」

美しい自然は二分で飽きた。

「お前さんの良心なんてこんなもんだよなと安心したよ。それでこそ六号だ」

「ろ、六号さん……」

　――この周辺の空撮《くうさつ》地図が頭に入っているアリスを先頭に、湖のほとりを歩き続ける事数時間。

「……ねえバイパーちゃん、コイツら本当に害は無いの？　さすがにこんだけ群れるとキモいんだけど」

「お、おかしいですね……。私もこんな現象は聞いた事が無いのですが……」

俺は色とりどりの精霊に纏《まと》わり付かれ、完全に視界を塞《ふさ》がれていた。

「っていうか、これってどう見ても害があるんだけど。だって足下見えないじゃん。敵が現れても分からないし、これじゃ逃げる事も出来ないじゃん」

　俺の頭を中心として鈴《すず》なりになる精霊達。

これが可愛《かわい》らしい姿の妖精《ようせい》ならまだしも、光球に集《たか》られても眩《まぶ》しいだけで嬉《うれ》しくない。

「ねえバイパーちゃん、精霊に好かれるって聞くと何だか凄《すご》い力が発揮出来そうなんだけど、その辺どうなの？」

　物語の主人公なんかが、精霊や妖精、亜人《あじん》に好かれるとかはよく聞く話だ。

「そうですね、魔法体系の中に精霊魔法と呼ばれるものがあります。精霊は本来、様々な女神《めがみ》様の眷属《けんぞく》と言われています。普通《ふつう》は、女神様にお願いして奇跡《きせき》を起こして頂いたり、眷属である精霊をお借りして使役《しえき》するというのが魔法の基本なのですが……。精霊と仲が良く意思の疎通《そつう》が出来る方は、精霊に直接交渉《こうしょう》して力を貸してもらえるそうです。そうする事で、女神様に魔力《まりょく》や代価を捧《ささ》げるよりも少ない力で魔法が使えるらしいですよ」

　地球人は魔法が使えそうにない事ですっかり興味を失っていたのだが、バイパーの説明を聞いて、精霊に好かれている俺にも魔法が使える希望が見えてきた。

「要は、女神が魔力の上前はねてるって事か。女神は精霊さんとの通訳係みたいなもんなんだな。俺が精霊語を話せれば、中間業者の女神はいらないわけだ」

「意味合い的には間違《まちが》ってませんが、女神様の罰《ばち》が当たりますよ……？」

　そうは言っても、そんな程度で罰が当たると言うのなら……。

「それなら俺よりアリスだろ。見ろよ、群がってきた精霊に殺虫スプレー吹《ふ》きかけてるぞ」

「ダメですよアリスさん、精霊は神聖な……！　ああ、でも私は悪の女幹部で……！」

　葛藤《かっとう》を始めたバイパーを尻目《しりめ》にアリスが精霊を追い払《はら》う。

　殺虫スプレーなんかで死なないとは思うのだが、精霊達は謎《なぞ》の薬液を嫌《いや》がったのか俺の傍から散って行った。

「精霊にも物理攻撃《こうげき》が効くんだな。俺も殺虫スプレー取り寄せとこう」

「止《や》めてあげてください！　精霊は本当に神聖な存在なんですよ!?」

5

湖の水質と土壌《どじょう》調査を終えた頃《ころ》、辺りはすっかり暗くなっていた。

湖の畔《ほとり》でキャンプをする事にした俺達は、早速《さっそく》準備に取り掛《か》かる。

階級は上だが後輩《こうはい》のバイパーに良《い》いとこ見せようと、サバイバルに慣れた俺は早速薪《たきぎ》を集めに行った。

生乾《なまがわ》きの若い枝は煙《けむり》が出やすいとかサバイバルのうんちくを垂れるため、薪にしやすい小枝を集めて帰ってみれば……。

バイパーがアリスの指示で、組み立て式のコンテナを呼び出していた。

「……ねえバイパーちゃん、なんでそんな物取り寄せられるの？　幹部だからってなんか色々贔屓《ひいき》されてない？」

組み立てられたコンテナは、災害用の組み立て式仮設住宅より頑丈《がんじょう》に出来ている。

魔獣《まじゅう》が住む森の中ではこれ以上にない住居だろう。

バイパーは自らの腕《うで》に付いた転送装置をチラリと見ながら、

「いえ、悪行ポイントがたくさん手に入ったので……」

と、そう言って申し訳なさそうな表情を浮《う》かべてみせた。

……マジかよ、魔王のクセに天使みたいなバイパーが一体どんな大それた悪事をやらかしたんだ、あんなにピュアな子だったのに、もうキサラギに染められたのか……。

「バイパーちゃんさあ……。確かにキサラギは悪の組織だけど、無理に悪い事をするのは違うんだからね？　真面目なのは知ってるけどさ、そういうのはもっと組織に慣れてからでも……」

と、思わず気遣《きづか》いの言葉が口に出てしまったが、そうじゃない。

バイパーも覚悟を決めてウチに来たのだ、悪の組織の先輩としてここは褒《ほ》めてやる流れじゃないか……！

「ああ、別に怒《おこ》ってるわけじゃないんだよバイパーちゃん。ちなみに、これだけのコンテナを送ってもらう悪行って何をしたのか聞いてもいい……？」

俺の複雑な心境にバイパーは、表情に暗い影《かげ》を落として顔を伏《ふ》せ――

「六号さんのゲームのセーブデータを削除《さくじょ》してしまいました……」

「何してくれてんのバイパーちゃん！　いや、それはそれで本当に何してくれてんのだけど、なんでそんなもんで大量の悪行ポイントが！　いや、ある意味でとんでもない事してくれたんだけどさあ！」

褒めるべきか怒るべきか分からなくなっていると、アリスが横から口を開いた。

「悪行ポイントの算出は、本人の良心の呵責《かしゃく》と被害者《ひがいしゃ》の精神的ダメージ、犯罪レベルの大きさを合計したものだ。つまりバイパーの中では、お前さんのセーブデータ削除がよほどの大悪事だったって事だな」

……なるほど。

たとえば、砂漠《さばく》で何日も水が飲めず喉《のど》がカラカラのバイパーとリリスがいたとする。

そこにポツンと佇む飲み物の自動販売機《はんばいき》に出くわした場合、バイパーであればまず財布《さいふ》を出して硬貨《こうか》を探し、それが無ければ葛藤の末、自販機を壊《こわ》さないように飲み物を一つ頂くにはどうすればいいかと悩《なや》んだ末に……。

それがリリスだったなら財布すら出さず、大喜びで自販機を壊してジュースを根こそぎ奪《うば》い取り、ついでに釣《つ》り銭《せん》ボックスすら持ってくはずだ。

この場合犯罪の度合いが大きいのはリリスだが、入手出来るポイントは両者ともにあまり変わらないのではなかろうか。

そういえばつい最近も、俺がグレイスの街にバラ撒《ま》いたミピョコピョコの卵のせいで大規模テロみたいになった時、実際の被害の小ささにも拘《かか》わらず大量のポイントが貰《もら》えた。

「つまり、俺も良心が痛めば楽にポイント貰えるって事？」

「そういう事だ。でもお前さんは、よほどの悪事じゃないと良心なんて痛まないだろ」

こいつ人を何だと思ってやがる。

「バイパーちゃんのおかげでテントで眠《ねむ》らずに済んだから許すけど、もうセーブデータ削除なんてしないでよね。あと、許すとは言っても、あのクソゲーをおんなじとこまで進めるのは手伝ってもらうから」

「はい、もちろん最後までお手伝いします」

俺に叱《しか》られているはずなのに、なぜかバイパーはちょっと嬉しそうな顔で言ってくる。

こんな大悪事を働いたのにちっとも反省している様子がないのはどういう事だ。

これも悪の組織に入った弊害《へいがい》なのか……。

「なんでニコニコしてんのバイパーちゃん、日本じゃセーブデータ削除罪は重罰《じゅうばつ》が当たり前だからね？　もし削除されたのが俺じゃなかったら、バイパーちゃんは今頃大変な目に遭《あ》わされてたかもしれないんだからね？」

両手に抱《かか》えた小枝で焚《た》き火を作りながらバイパーに釘《くぎ》を刺《さ》す。

「はい、分かりました六号さん。悪い事をする相手は六号さんだけにしておきますね」

「分かってない、ちっとも分かってないよバイパーちゃん！」

そんな俺の反応に焚き火の前に屈《かが》み込みながら楽しげに笑うバイパーだが、元魔王なだけあってやはりどこかズレてるようだ。

　ここは未開な現地人であるバイパーに文明の利器で逆襲《ぎゃくしゅう》する番だろう。

「バイパーちゃん、今から魔法を使わずに火を起こしてみせるからよく見ててね。これはね、チャッカ◯ンって言うんだよ、チャックマンじゃないからね」

「なるほど、チャッ◯マン……。マジカルライターと形状が似てますね。どのように使うんですか？」

　…………。

「おいアリス、何だよマジカルライターって！　魔法少女のアイテムみたいな名詞が出てきたんだけど！」

「以前から、この星の文明レベルは侮《あなど》れねえって言ってるだろ。城に住んでた時、謎の力で動くテレビやランプがあったじゃねえか。一般庶民《いっぱんしょみん》は地面に穴掘《ほ》って用を足すレベルだが、上流階級は上下水道完備の快適生活だ」

　そういえばそんな事もあったような……？

「あの、六号さん、火が付きましたが……」

　俺がアリスに突《つ》っかかっている間に、既《すで》にバイパーが火を起こしていた。

「……それがマジカルなライター？　チャッカ◯ンと替《か》えっこしない？」

「交換《こうかん》するのは構いませんが、これは魔力が無い方には使えませんよ……？」

出たな魔力、この星で度々《たびたび》出てくる不思議ワードだ。

「まあいいさ、どうせ今夜は長いんだ、焚き火を囲んでお喋《しゃべ》りしようぜ。火起こしでは後《おく》れを取ったけどサバイバルなら任せとけ。俺って改造人間だし暗視能力があるからね。キサラギの先輩として食べられそうな物を探してきて……」

「……あっ、それなら先ほど湖でミツメウナギを捕《つか》まえておきました！　今バケツの中で泥《どろ》を吐《は》かせていますから、これを調理して食べましょう」

バイパーちゃんさあ……。

6

綺麗《きれい》に捌《さば》かれたミツメウナギとかいう謎の生物を串《くし》に刺して焚き火で炙《あぶ》り、塩を振《ふ》っていたバイパーが小首を傾《かし》げて尋《たず》ねてきた。

「それで六号さん、どんなお話をしましょうか？」

「うん、なんかもう先輩風を吹かせようとするのは止《や》めにするよ。おめでとうバイパーちゃん、君はもう一人前だ」

「あ、ありがとうございます……？」

俺に何を言われているのか分かっていない顔のバイパーが礼を言う。

「ずっと黙《だま》って見ていたが、バイパーはいきなり幹部に抜擢《ばってき》されるヤツなんだぞ。幹部ってのは戦闘《せんとう》力はもちろんだが、戦闘員を指揮出来るだけの統率《とうそつ》力や判断力も必要とされるんだ。粗悪《そあく》品のお前さんと比べるのが間違ってるぞ」

「誰《だれ》が粗悪品だコラ！　っていうか、俺の知ってる幹部連中は大体みんな問題児ばかりだったぞ。トラ男さんなんて俺と変わらないレベルの脳みそだろ」

そう、アジト街の防衛戦力として送られてきたはずの最古参幹部にして、ロリコン道を極《きわ》めんとするトラ男がいい例だ。

小学生にして欲しいという願いのため、バイパーの時魔法に一縷《いちる》の望みを懸《か》けて、この星一番の魔導石を求め旅に出た。

いくらネコ科の怪人《かいじん》だからといって、自由に行動し過ぎだと思う。

だがアリスはやれやれと肩《かた》を竦《すく》めて、

「トラ男はアレで良《い》い大学を出てるんだぞ。教員免許《めんきょ》まで持ってるぐらいだ。持ち前の強《こわ》面《もて》のせいで学校の採用試験に落ちまくり、色々あってキサラギに入社したらしいぞ」

「待てよ、その教員免許って絶対小学校の免許だろ。採用試験に落ちまくったのも顔より他《ほか》の理由があっただろ」

……と、そんな俺達のやり取りに、まるで微笑《ほほえ》ましい兄妹《きょうだい》でも見るような目を向け、バイパーがニコニコと微笑んでいた。

「六号さんとアリスさんは本当に仲が良いんですね。確かお二人は、相棒……という関係でしたか？」

「一応相棒ではあるんだけど、最近コイツが冷たくてさあ……」

「アンドロイドが温けえワケがねえだろ。温かいのはお前さんの頭だけで十分だ」

どうよこの塩対応、コイツこれでも相棒なんだぜ。

と、その時。

「……おっ？　見ろよアリス、また精霊《せいれい》さんが寄ってきたぞ。血も涙《なみだ》もない悪の組織のアンドロイドには分からんだろうが、やっぱこういったヤツらは俺の純粋《じゅんすい》な心を理解して懐《なつ》いてくるんだよ」

昼間に続き再び集まってきた精霊を、アリスが興味深げに手を伸《の》ばして突つき出した。

「そうだ、昼間バイパーちゃんが言ってたよね、精霊語が分かれば俺にも魔法が使えるかもって。アリス、俺が言う事を精霊語に翻訳《ほんやく》してくんない？」

「コイツらはプラズマってヤツだ。もしくはホタルの一種だよ」

これだから科学脳の機械っ子は。

「六号さん、私、少しなら精霊語が分かりますから通訳しましょうか？」

「おっ、それじゃ頼《たの》むよバイパーちゃん。そうだなあ、『オレタチ、トモダチ。ナカヨク、シヨウ』まずはこれで様子を見てくれ」

スマイルを浮かべる俺の前をフヨフヨ漂《ただよ》う精霊に、バイパーが何かを囁《ささや》き始めた。

それに答えるかのように、精霊が明滅《めいめつ》を繰《く》り返し——

「あ、あの……。『異星より来た不浄《ふじょう》なる人間共よ、頭の悪い事を言っていないで立ち去るがいい。さもなくば末代まで祟《たた》ってくれる』……」

「バイパーちゃん、コイツらちっとも懐いてないよ！　これめっちゃ嫌《きら》われてるヤツだ！」

邪悪《じゃあく》な事を言い出した精霊に殺虫スプレーを吹《ふ》き付けて追い散らしていると、地に手を突いて身を乗り出したアリスが興味深そうに精霊を見ていた。

「どうした、精霊が気に入ったのか？　オカルトを親の敵《かたき》みたいに憎《にく》むお前が珍《めずら》しいな」

「……いや、どうしてコイツが『異星より来た』なんてピンポイントな事を言えるんだと思ってな。バイパーが適当な事を言うとは思えねえし、未来予測が可能なコンピューターを内蔵してんのか？　それにしては得体の知れない浮遊《ふゆう》体だしなあ……」

小難しい事を言って唸《うな》りだしたアリスをよそに、バイパーが精霊に向かって手を伸ばすと、羽を休めるかのように指先に止まった。

今のバイパーは怪人ヘビ女さんの格好だが、それでも夜の湖の傍《そば》で精霊を指に宿らせる姿は、とても幻想《げんそう》的な光景で――

「よし、今度こそ精霊ゲットだぜ」

「アリスさん!?」

こういう時のためにコンテナに仕舞《しま》っておいたのか、アリスがいつの間にか手にした掃《そう》除機《じき》で精霊を捕獲《ほかく》していた。

「やっぱりゴーストだの精霊だのといった胡散臭《うさんくせ》えのにはコイツが効くな」

「お前何だかんだ言って、その掃除機で霊体とかを退治するのが気に入ってるだろ」

「ああ……せ、精霊が……」

一人バイパーだけがドン引きする中、上機嫌《じょうきげん》のアリスが掃除機を仕舞い込む。

「あの精霊とやらはリリス様に調べて貰おう。上手《うま》くすればこの星にいるゴーストだのいう連中も、お前ら戦闘員でも駆除《くじょ》出来るようになるかもしれん」

「……まあ、あの精霊はなんか邪悪そうだったしいいんだけどさあ……」

と、その時だった。

そう遠くない辺りから、木に硬《かた》い物を打ち付けたようなカーンカーンという音が鳴る。

どこからともなく向けられる絡《から》みつくような視線を感じ、俺は焚《た》き火を踏《ふ》み消した。

「バイパーちゃんはアリスと一緒《いっしょ》にコンテナへ退避《たいひ》！　コレって頭を叩《たた》き割りに来る何とか族の威嚇《いかく》の音だろ！」

「カチワリ族な。というか、コンテナに逃《に》げてももう遅《おそ》い、囲まれてるぞ」

俺と同じく暗視能力を持つアリスが周囲を見回し銃《じゅう》を取る。

「お前は高性能アンドロイドじゃなかったのかよ！　赤外線センサーとか、そういう物は付いてないのか！」

「バカ言え、サーモグラフィに赤外線、大概《たいがい》の機器を内蔵してる。体に体温を抑《おさ》える液体を塗《ぬ》りたくってるな。森の中で生活する連中だ、虫除《よ》けに泥でも塗ってるのかもな」

アリスはそう言って興味深そうに見回しているが、今は蛮族《ばんぞく》に感心してる場合じゃない。

「相手が生身の蛮族なら銃が効く！　オラッ、キサラギ舐《な》めんじゃねーぞ！」

改造人間の暗視能力でカチワリ族の姿を捉《とら》え、アサルトライフルをぶっ放す。

今の俺は前回のバイパー奪還《だっかん》祭りのおかげで、悪行ポイントには余裕《よゆう》がある。

新型のアサルトライフルだけでなく、愛用武器であるRバッソーに大量の弾薬《だんやく》を身に着けている以上、未開な現地人に後れを取るわけがないのだ。

木々の間に隠《かく》れる人影《ひとかげ》に惜《お》しげもなく銃弾をバラ撒《ま》きながら、相手に言葉が通じていないのを承知の上で一応の降伏勧告《こうふくかんこく》を行った。

「ハハハハハ、これが文明の利器だ蛮族共が！　さあ、これはあくまで威嚇射撃《いかくしゃげき》だ、次は確実に当てにいく！　命が惜しければ降伏しろ！　俺の言葉が分かるなら全員武器を投げ捨てろ！」

　銃弾をバラ撒かれて身動きが取れないせいか、相手側は反応出来ない。

と、一人のカチワリ族とおぼしき影が手にした斧《おの》を軽く掲《かか》げ、振り被《かぶ》って投げ付けた。

「ふわーっ！」

　咄嗟《とっさ》に下げた頭の上を、投げられた手斧《ておの》が風切り音と共に通過する。

「たとえ星や国が違《ちが》っても、言葉が分からなくとも表情と態度でなんとなく通じるもんだ、挑発《ちょうはつ》するのはオススメしないぞ」

「う、うるせー、今のはちょっとビビっただけだ！　これから本気で殲滅《せんめつ》を……！」

　思わずチビリそうになった俺が虚勢《きょせい》を張ると、俺を盾《たて》にして身を隠していたアリスは、自らの頭をコンコンと指で突ついた。

「ここは頭脳担当の自分に任せろ。連中の挙動や仕草で自分だって相手の言う事ぐらい理解出来る。話し合いで強力な蛮族を取り込めるのなら、そっちがいいに決まってる」

「……そういう事なら任せたぞ。もし交渉《こうしょう》が不穏《ふおん》な雰囲気《ふんいき》になったなら、何か合図を……」

俺が言い終わるより早く、アリスが背中から頭を覗《のぞ》かせ、大声で呼び掛《か》けた。

「この蛮族共が、要求は何だ、言ってみろ！　金か？　女か？　権力か？　食べ物に衣服、ピカピカの宝物だってたくさんあるぞ。さあ、我々に膝《ひざ》を屈《くっ》するのなら望みの物をくれてやるぞ！　断れば命は無いと知れ！」

再び投げ付けられた斧を戦闘服の小手で何とか弾《はじ》く。

「今のはひょっとして懐柔《かいじゅう》のつもりかポンコツが！　何が頭脳担当だよ、俺と大差ないじゃねーか！」

「蛮族のやる事と言えば飲んで食って寝《ね》るだけの暮らしだろ。自分の条件は破格のはずだ。今のはちょっと意思疎通《そつう》が出来なかっただけだ、次は上手くやるから任せとけ」

アリスが謎《なぞ》の自信と共に言ってくるが、ナチュラルにカチワリ族を見下しているこのポンコツでは交渉なんて土台無理だ。

と、俺達がなじり合っていると、いつの間にかバイパーがカチワリ族の前に立ち、

「夜分遅くにすいません、森にお邪魔《じゃま》しております。貴方《あなた》達の獲物《えもの》を奪《うば》いに来たわけではないので、しばらくの間ここに居させてもらえませんか？」

「バイパーちゃん何やってんの!?　そんなのが通じるような、穏便な相手じゃないだろ！」

攻撃《こうげき》されたら庇《かば》おうと俺がバイパーの前に立ち塞《ふさ》がると、仮面と腰《こし》みのを着けた一人の

男が息を吸い……！

「キョエエエエエエエエエエエエエエ！」

「ほらあ！　なんかめっちゃ怒《おこ》ってるじゃんバイパーちゃん！　おいアリス、撤退《てったい》だ！　フラッシュグレネードの転送を頼む！」

　突然《とつぜん》の奇声《きせい》に怯《ひる》む俺に、だがバイパーがキョトンとした顔で首を振った。

「いえ、『私達の主食であるスポポッチにさえ手を出さなければ、お好きにどうぞ、お嬢《じょう》さん』と言ってくれてますが……」

「なんでそんなに紳士《しんし》なんだよ！　待てよ、バイパーちゃんは言葉が分かるの？」

「は、はあ……。カチワリ族さんは精霊語で話してますので……」

　あのキョエエエエってのは精霊語なのかよ。

　……だが、バイパーと言葉を交《か》わしたカチワリ族が腰に手斧を収めた事から、言葉が通じているのは本当みたいだ。

　俺は息を吸い込むと、

「キョエエエエエ！」

《悪行ポイントが加算されます》

「ラアアアアアアアーッッッ！」

精霊語とやらで呼び掛けてみた俺は、奇声と共に飛んできた手斧から紙一重《かみひとえ》で身を躱《かわ》す。

「なんて事言うんですか六号さん、そんな酷《ひど》い事言っちゃダメですよ！」

「相手のキョエエってのを真似《まね》しただけじゃん！　悪行ポイントが加算されるだなんて、俺って一体何言ったんだよ!?」

7

バイパーの必死の説得で何とかカチワリ族に帰ってもらい、夕飯を済ませた後。

「しかし、あのカチワリ族ってのは意外に紳士的だったな。なあアリス、あの分だと湖周辺の開発計画も話し合いでどうにか出来るんじゃないか？」

　辺りがすっかり暗くなったにもかかわらず、先ほどから地質調査をしているアリスに声を掛ける。

「そりゃあ無理ってもんだな。我々の目的はこの地の完全な侵略《しんりゃく》だ。まず、このバカデケえ湖は工業地帯を作るためにどうしても必要になる。古来、人は水の利権で何度も戦争を起こしてるからな。いくら紳士的だろうが、この周辺を占領《せんりょう》すればいくらなんでも黙《だま》っちゃいねえさ」

トランシーバーみたいな物を湖に向けながら、アリスが振《ふ》り返る事なく言ってきた。

――現在アジト街にはなおも多くの魔族が続々と移住してきており、彼等はアリスに仕事を貰《もら》い、少しずつ日常生活を向上させている。

アジト街に移ってきた魔族達の食糧《しょくりょう》は今のところキサラギから送ってもらっていた。

だが、俺達の目的は地球人類の移住先としてこの地を開拓《かいたく》する事だ。

アスタロトいわく、地球の方の食糧問題がいよいよシャレにならなくなってきたらしい。

今は戦後の難民なので俺達が養っている魔族だが、彼等には開拓の労働力として頑張《がんば》ってもらう予定だ。

といっても、俺達は文明人であり高度な技術を持つキサラギ社員だ、土地開発において魔族にクワを持たせ働かせるなんて効率の悪い事はしない。

この辺り一帯は重機で均《なら》して工業区として活用し、そしてアジト周辺に広大な穀倉地帯を作る予定もある。

そのためにこの巨大《きょだい》な湖から水を引き、働く環境《かんきょう》は俺達の手で作ってやり、後は魔族達を従業員よろしく労働力としてこき使うのだ。

「……本当に、魔族達に住居だけでなくお仕事まで用意していただき、何から何まですいません……。キサラギには、我が身をもって恩返しをしていきます……！」

　この計画を聞かされてからというもの、キサラギに対するバイパーの忠誠が凄《すご》い。

「バイパーちゃん、ウチは魔族を働かせてお金儲《かねもう》けしたいだけだからね？　もちろん対価は払《はら》うけど、キサラギは安月給だから感謝は要《い》らない。奴隷《どれい》ちゃんとまではいかないけれど、社畜《しゃちく》にされるって事だからね？」

「いいえ、社畜が何かは分かりませんが、安全な街に住まわせてもらい、働けば温かい食事が頂ける事がこの星でどれだけありがたいか……。本来であれば、戦争に負けた魔族は奴隷として死ぬまで酷使《こくし》されるのが当然だったのですから……！」

　そういえばこの星は、オークが奴隷ちゃんみたいに酷使され寿命《じゅみょう》が尽《つ》きれば美味《おい》しく頂かれるという、倫理《りんり》や道徳が欠如《けつじょ》した世界だったな。

「そういう事ならバイパーちゃんには体で払って貰おうかな。そこまで言うなら、もちろん何でもしてくれるんだよね？」

「ええ、何でもします！　任せてください！」

　澄《す》んだ瞳《ひとみ》で何の迷いも無く言い切るバイパーに、エロいお願いをしてからかおうとしていた俺は思わず怖《お》じ気づいてしまう。

　クソ、これがスノウだったなら遠慮《えんりょ》無く色々やらせているのに……！

　と、地質調査をしていたアリスが口を開いた。

「六号、今のやり取りを幹部連中にチクられたくなかったら、自分の頼《たの》みを聞いてくれ」

「別にやましい事なんてないからチクられたって困らないけど、お前の頼みなら何だって聞いてやるさ。だからチクるのは勘弁《かんべん》な」

アリスは先ほどからたまに会話には入ってくるものの、ずっと湖の方を見続けていた。

俺とバイパーもそちらを見るも、特に変わった事もなく……。

「それじゃあ、ちょっと湖に潜《もぐ》ってきてくれ」

「お前はいきなり何言ってんの」

いくら暗視能力があるとはいえ夜の湖に潜れとか。

無茶振《むちゃぶ》りするアリスの言葉に、バイパーがやる気に満ちた表情で、

「湖に何かあるのですか？　私が潜ってきましょうか？」

「金属探知機を使って地中の鉱石を調べてたんだが、湖の方からデカい反応があってな。もしかすると、アーティファクトみたいな物が沈《しず》んでるかもと思ってな」

……俺に対する嫌《いや》がらせかと思ったが、ちゃんとした理由があるんじゃ仕方ない。

——戦闘《せんとう》服を脱《ぬ》いでパンツ一枚になった俺は、顔を赤くするバイパーにこれ見よがしに自慢《じまん》の肉体を見せ付けながら湖の中央へ向かっていった。

念のためにナイフを咥《くわ》え、水中を平泳ぎで潜水《せんすい》する。

改造人間である俺は無呼吸でも十分程度なら活動可能だ。

そして水中でもゴーグル要らずの改造済みの目のおかげで、暗い湖の中を順調に探索《たんさく》していく。

途中《とちゅう》息継《いきつ》ぎを挟《はさ》みながら一時間ほどが経《た》った頃《ころ》、何度目かの湖への探索で、底の方に大きな影《かげ》が横たわっているのに気が付いた。

軽くビビりながらも目を凝《こ》らすと、それは体表がすっかり剝《は》がれ、メカメカしい内部が露《あら》わになった巨大な何かだった。

俺は水中撮影《さつえい》用のデジカメで撮《と》りながら、その外装が、以前リリスが撃退したメカトカゲに似ている事に気が付いた。

だが近付いても動き出したりする事はなく、完全に機能を停止しているようだった。

——俺はこの事を報告すべく、水中を潜水したままアリスの下《もと》へ。

「アリス、何か大きいメカがいた！　でも多分死んでるっぽい……って、おおおおい！」

地上に顔を覗かせると、アリスとバイパーが魔獣《まじゅう》の群れに囲まれていた。

「おい六号、早く戦闘服を着ろ！　コイツは噂《うわさ》のマウンティングゴリラだ！」

「待って、せめて三十秒！　濡《ぬ》れパンツを替《か》えたいから、三十秒だけ時間をちょうだい！」

コンテナの周りでは銀色の体毛を持つゴリラ達が胸を叩《たた》いて威嚇《いかく》している。

と、パンツを脱ぐ俺の隙《すき》を突《つ》いて、小柄《こがら》なゴリラが低空のタックルをかましてくる。

「魔王パンチ――――！」

ゴリラ達を前にアリスを守っていたバイパーが、俺に襲《おそ》い来るゴリラを殴《なぐ》り飛ばした。

強烈《きょうれつ》な一撃《いちげき》を食《く》らい地面を転がっていく仲間の姿に、ゴリラ達の警戒《けいかい》が一段上がる。

「助かったよバイパーちゃん！　このお礼は体で払うから！」

「お礼はいいので早くぱんつを穿《は》いてください！」

赤い顔を背《そむ》けているバイパーの後ろで、手早くパンツを穿き替え戦闘服を身に纏《まと》う。

「よっしゃ、もう大丈夫《だいじょうぶ》だ、待たせたな！　オラッ、ここからは俺の出番だ！」

手を上に向けて掛かってこいと挑発《ちょうはつ》すると、ゴリラ達はどこでそんな仕草を覚えたのか、こちらに向けて中指を立ててたりと、ヤケに人間臭《くさ》い動きを見せながら吠《ほ》え立てた。

地球では森の賢者《けんじゃ》と呼ばれるゴリラさんだが、この星のゴリラには温厚《おんこう》さの欠片《かけら》もないらしい。

「こいつらとは無理に戦わなくていいぞ。むしろ、降参して傘下《さんか》に入れば手下として保護してくれるらしい。降参のポーズは寝転《ねころ》がって腹を見せる事だそうだ、やってみろ」

「嫌だね！　キサラギの戦闘員が、なんでゴリラに屈《くっ》しなきゃなんねーんだよ！　こいやコラアァ！」

アリスの言葉を拒否《きょひ》した俺に、群れの中で一番大きなゴリラが、身を低くしてタックルしてきた。

だが、ここのところ着ぐるみキメラを相手にタックル対策をしてきた俺には通じない。

クソ重い戦闘服の重量をそのままに、ゴリラの上からのし掛《か》かった。

だがそんな俺を押しのけるように、全身の筋肉を使ってゴリラが堪《こら》える。

コイツ、ゴリラのクセになかなかやる……！

他《ほか》のゴリラ達はボスゴリラの援護《えんご》をしたいようだが、警戒するバイパーのおかげで手が出せないようだった。

俺は全体重を預けたまま、遠い惑星《わくせい》で出会った好敵手を見下ろすと、

「この重さに耐えるとはやるじゃねえか……！　いいぜ、本気を見せてやる。制限解——」

互《たが》いに不敵な笑《え》みを浮かべ合う俺とゴリラは、アリスからスプレーを噴射《ふんしゃ》された。

「……ぎゃー！　目が！　目があああああ！」

「フギーッッ！　ホアアアアアアアアアア！」

両目を押さえて転がる俺達をよそにアリスが冷たく言い放つ。

「遊びは終わりだ、とっとと散れ。じゃないとトウガラシスプレーぶっ掛けんぞ！」

そう言ってスプレーを向けるアリスに、ゴリラ達が逃《に》げ散っていった。

「ほら、顔洗ってやるからこっち来い。猿《さる》を相手に何本気出そうとしてるんだ」

「これだから血も涙《なみだ》もないアンドロイドは！　今から漢《おとこ》の戦いが始まるとこだったのに！」

アリスに目を洗ってもらいながら抗議《こうぎ》すると、バイパーが切羽詰《せっぱつ》まった声で言ってくる。

「六号さん、アリスさん、大型魔獣と思われる強い魔力がこちらに向かって来ています！」

バイパーの言葉を裏付けるように、何かの遠吠えが次々に聞こえてきて――

「現代人の体臭《たいしゅう》と食事の匂《にお》いは、森での宿泊《しゅくはく》には向いてないみたいだな。大丈夫だ、次はちゃんと上手《うま》くやる。自分はセーブとロードがあるが、お前らは頑張って生き残るんだぞ」

「言ってる場合か！　こんちくしょう、撤退《てったい》だ――――！」

魔の大森林と呼ばれる巨大な樹海の奥深くは、たった一晩のサバイバルすら困難な魔境だった――

【中間報告】

地球の最高幹部の皆様《みなさま》は、俺がいない間いかがお過ごしでしょうか。

こちらの環境は相変わらず過酷《かこく》で人類に対して厳しくて、ファンタジーに抱《いだ》いていた幻《げん》想《そう》が日々ぶっ壊《こわ》されていく想《おも》いです。

先日、精霊《せいれい》さんと会話をしました。

精霊さんといえば妖精《ようせい》さんに次ぐファンタジー世界の人気な生物ですが、なんか精霊さんにメチャクチャ怒《おこ》られました。

今のところ、この星に生息する生物で心癒《い》やされたのはモケモケぐらいしか見てません。

あと、この星にもゴリラがいました。

森の賢者《けんじゃ》と呼ばれるゴリラさんが、ここでは好戦的で武闘《ぶとう》派ヤクザみたいな有様です。

もうこっちの部下を一緒《いっしょ》に引き連れて地球に帰りたいですお願いします。

俺の住んでたアパートが消し飛んだとの事ですが、労災扱《あつか》いで新しい住居を用意してください、本当にお願いします。

報告者　ホームシックになりたくてもアパートが無い戦闘員六号より

戦闘員、派遣します!

二章

ヒーロー見参？

1

魔の大森林から逃げ帰った、その翌日。

「ふざけんな、昨日の今日で絶対嫌だぞ！　当分の間は安全なアジトに引き籠《こ》もるんだ！」

アジト内の自室にて。

俺は、あれだけの目に遭《あ》ったというのに再び森に行くと言うアリスに食って掛かった。

「お前さんが言ったんだろうが、湖の底で巨大《きょだい》メカを見付けたって。『森の王』とか呼ばれていたメカトカゲは、リリス様に修復不能な状態まで破壊《はかい》されちまったからな。この星の科学技術の塊《かたまり》が湖に眠《ねむ》ってるんだ、コレを放《ほう》っておく理由がねえ」

俺の抗議を聞き流し、アリスはそう言ってグイグイと腕《うで》を引っ張ってくる。

「放せチビ助、森への護衛なら他に手の空いてるのがたくさんいるだろ！　バイパーちゃんがセーブデータ消してくれやがったから、そこまで進めるのに忙《いそが》しいんだよ！」

　アリスの手を引き剝がし、シッシと追い払《はら》う俺に向け、

「付き合わないつもりなら、クリア寸前までいった頃にデータを削除《さくじょ》してやるからな」

「データ削除系の嫌がらせはほんとに止《や》めろ！　マメにバックアップ取ってるお前なら、セーブデータの大切さは分かってるだろ！」

　と、血も涙もないアンドロイドと言い合いをしていると、突然《とつぜん》ドアが開けられた。

「おい六号、貴様一体何をした⁉　ティリス様から呼び出しが掛かっているぞ！」

　部屋に入るなりスノウが食って掛かってくるが、呼び出しを食らっただけで真っ先に俺がやらかしたと決め付けるのはどういう事だ。

「現れるなり何だよ急に。今は悪行ポイントに困ってないし俺じゃねーよ。きっと他の戦闘員が犯人だよ」

「ウチの誰《だれ》かが何かやった事は疑わねえんだな」

　それについては疑わない。

――スノウに連行される形でアリスと共に登城した俺は、しばらく見ない間にまた王城

の外観が変わっている事に気が付いた。

城を囲う堀《ほり》が二重に追加され、何らかの魔法のアイテムなのか、城の壁《かべ》のあちこちにベルのような物が設置されている。

門番を務める兵士も人数が増やされ物々しい事になっていた。

俺は城内に通されながら、隣《となり》のスノウに首を捻《ひね》る。

「警備が厳重になってるけど、一体何があったんだ？」

「警備に関してはティリス様の部屋に夜な夜な忍《しの》び込んでくる変態のせいだ。最近ではティリス様も意固地になって、侵入《しんにゅう》を諦《あきら》めさせようと必死でな」

戦闘《せんとう》員十号はまだティリスの部屋に通っていたのか。

一体何が二人をそんなに熱くさせるのかは分からないが……。

「こういうのって、その内二人とも楽しくなってきて、やがてお互いを意識するようになるんだぜ。十号が侵入して来ない日があると、ホッとする反面ちょっとだけ物足りないって思うようになるんだ」

「ティリス様の前でそれを言うなよ、打ち首になるからな」

……と、そんな事を言いながら城の中庭に差し掛かった、その時だった。

「姫様《ひめさま》、大丈夫です。私達が付いてます！」

「皆《みんな》、祈《いの》りを捧《ささ》げなさい！　ティリス様の声が天まで届きますように、と……！」

「ティリス様、ここにいる者は誰一人として笑ったりしません！　どうか、どうかグレイス王国のため、そして民《たみ》のために、聖なる祝詞《のりと》を——！」

幾人《いくにん》もの侍女《じじょ》達が真剣《しんけん》な眼差《まなざ》しで声援《せいえん》を送るのは、雨を降らせるアーティファクトの前で両手を組んで、目を閉じたまま祈りを捧げるティリスだった。

やがてティリスはカッと目を見開くと、声高《こわだか》に祝詞を唱える……！


「おちんちん祭り——！」


酷《ひど》く真面目《まじめ》な表情で真っ直《す》ぐに機械を見詰《みつ》めるティリスからは、とても神聖な雰囲気《ふんいき》が感じられて……。

「なあアリス、信じられるか？　あそこでおちんちんとか叫《さけ》んでるのって、この国の王女様なんだぜ？」

「王女の前に年頃《としごろ》の娘《むすめ》としてどうなんだ。とても親御《おやご》さんには見せられねえ姿だぞ」

「こらっ、今大事なとこなのだから黙《だま》ってろ！　家臣達の長きにわたる説得で、ようやく皆の前で祝詞を唱えてくださったんだぞ！」

俺達の声が聞こえたのか、機械を見詰めるティリスの顔が、真剣な表情を湛《たた》えたままみるみるうちに赤くなる。

だがティリスの祈りは天に届かなかったのか例の機械は動かない。

それを見たティリスは口元に手を当て、真剣な眼差しで悩《なや》み込む。

「この人数ではダメ、ですか……。大勢の民の前で祝詞を唱えるのが起動条件のはずですが、このアーティファクトはどうやって民がいると認識《にんしき》するのでしょうか？　民の前で、という条件は、その場にいる多くの人から内に秘《ひ》めた魔力《まりょく》を吸い取るためと考えれば辻《つじ》褄《つま》が合います。つまり、魔力が足りないのでは……？」

「なあスノウ、ティリスのヤツ、なんか難しい事言っててちんちん祭りを無かった事にしようとしてないか？」

「声が大きい、聞こえているぞ！　ティリス様が震《ふる》えておられるではないか！」

顔を真っ赤にして肩《かた》を震わせるティリスは、まるで今気付いたかのように振《ふ》り向いた。

「六号様、来てくださいましたか。お待ちしていましたよ……」

赤くなった顔でニコリと笑い掛《か》けてくるが、肩だけでなく声までちょっと震えていた。

「アリス、さっきの映像は録画した？」

「もちろん脳内メモリに残してある。自分が見たものは全部録画が可能だからな」

「録画が何かは分かりませんが、ろくでもない事なのは理解出来ます、止めてください！」

気を利《き》かせてその場から立ち去って行く侍女を横目にティリスが訴《うった》えかけてくる。

「そもそもなんであんなバカな事を叫んでたんだ。この国の水の問題なら便利なのを持ってきてやっただろ？」

そう、元魔王軍幹部水のラッセルを捕獲《ほかく》した事により、この国の貯水施設《しせつ》で定期的に水の補給がされているはずなのだが……。

「その事について、民の間から心配の声が届いてまして……。あんなか弱い少女が必死に魔力を振り絞《しぼ》り、大量の水を生成している姿は心にクルと……」

いや、アイツ男じゃん。

トラ男が女装させている弊害《へいがい》がこんなところに現れたのか。

『なあアリス、あの装置のパスワードって登録し直す事は出来ないのか？』

『もう一度初期化すれば出来ると思うぞ。でもこのままの方が楽しそうだろ？』

さすがは悪の組織のアンドロイドだ、確かにこのままの方がいいと思う。

突然日本語で話し始めた俺達に首を傾《かし》げながら、ティリスは気を取り直して口を開く。

「水問題の事は今は置いておきましょう。……それより、あなた達をお呼びしたのは他《ほか》でもありません。実はこの街で、不審《ふしん》者の目撃《もくげき》情報が寄せられているのです――」

――ティリスの話によると、夜になるとグレイスの街に俺達の戦闘服に似た鎧《よろい》を着た人物が現れ、街の揉《も》め事に首を突《つ》っ込み事態をややこしくするのだとか。

そして、今までの悪事はまだ笑えるものだったから見逃《みのが》してきたが、最近はシャレにならないものが多くなってきたというのだ。

たとえば、オーク農場を襲撃《しゅうげき》し勝手にオークを逃《に》がそうとしたり。

とある串焼《くしや》き屋が串焼きに使っている肉の正体をバラされ、売り上げが激減したり。

他にも数え上げればキリが無いが、内容を聞くと今までと毛色が違《ちが》うものばかりだった。

「それはウチの戦闘員だな。アイツら、俺のいないとこで何やってくれてんだ」

「悪いな姫さん、連中にはちゃんと言い聞かせるからな」

即座《そくざ》にウチの連中の仕業《しわざ》だと断定する俺達に、だがティリスは首を振り。

「いえ、最初は私も六号様のところの方々かと思ったのですが……。その人物の着ている鎧は、黒ではなく真っ白だったとの目撃情報がありまして、念のためこうして確認を……」

俺とアリスはティリスの言葉に、顔を見合わせ頷《うなず》いた――

「――この中に裏切り者がいる！」

アジトに帰った俺達は、皆を呼び出し宣言した。

キサラギにおいて戦闘員が黒以外の戦闘服を着るのはＮＧだ。

別に白という色が禁止されているわけではない。

アリスのワンピースだって白だし、怪人《かいじん》クモ女さんもシルク製の服を好んで着ている。

「俺達を呼び出したと思ったら、いきなり何だ！　お前なんてヒーローの紅一点にナンパされてホイホイ付いてった過去があるじゃねえか！」

「眠い事言ってんじゃねえぞ、森の調査から一晩で逃げ帰ってきた根性《こんじょう》無しが！」

「ここに居るのはキサラギ結成初期からの古参兵ばかりだぞ、今さら裏切りなんてするわけねえだろ！」

「そもそも、俺達は悪の組織の戦闘員だぞ。裏切る事の何が悪い！」

コイツらの言い草に一人ずつ引っぱたいてやりたくなってくるが、俺は心を落ち着けて、

「白い戦闘服を着たヤツが、グレイスの街で悪事を働いているらしい」

俺が放ったその言葉に、騒《さわ》いでいた戦闘員達が静まり返った。

戦闘員は黒で統一。

これは、古今東西における悪の組織の決まり事だ。

ブラックカラーは悪を象徴《しょうちょう》する色であり、俺達モブ戦闘員に残された唯一《ゆいいつ》のトレードマークにしてオシャレポイントだ。

「別に裏切りが悪いと言ってるんじゃない。だが、個性を出せない戦闘員にとってブラックカラーは大切な色だろう？　リリス様が、黒は自分の名前と被《かぶ》るから俺達の戦闘服の色を変えようって言い出した時、全員で抵抗《ていこう》したのを忘れたのか!?」

そう、昔リリスが『黒と言えば黒のリリスの色だよね。キミ達の服の色、ショッキングピンクに変えてくれない？』と言い出し、俺達は武器を取って立ち上がった。

悪の組織の戦闘員がピンクカラーで浮《う》かれて堪《たま》るか、何が黒のリリスだ、本名は安田《やすだ》のクセに、と。

「そう言えばあったな、そんな事も……。あの時は六号が、『そんなに名前と被るのが嫌《いや》なら、戦闘服を仕立て直すより、リリス様の名前を変えた方が安上がりですよ』って言って、皆でリリス様の事を安田様って呼んだっけ……」

「ヒーローと対峙《たいじ》した時だけは安田呼ばわりを止めてくれって泣いてたなあ」

そう言って同僚《どうりょう》達が懐《なつ》かしむが、俺達にとっての黒とは、安田のワガママから勝ち取った大切なカラーなのだ。

そもそもあの人はいつも白衣姿のクセに、なぜ黒のリリスを名乗ってるんだ。

と、そんな戦闘員達の反応を見てアリスがふむと呟《つぶや》いた。

「おい六号、どうやらコイツらじゃないみたいだぞ」

「……でも、俺達の戦闘服に似た鎧って言ってたよな？　となると……」

俺は戦闘員達を見回すと、とある部下の下《もと》へ向かう事にした――

2

その日の夜。

俺は車椅子《くるまいす》を押しながら、グレイスの繁華街《はんかがい》を歩いていた。

「……隊長ってば悪い人ね。任務にかこつけてデートだなんて……」

車椅子を押されるがままのグリムは微笑《びしょう》を浮かべ、よく分からない事を言ってくる。

例の不審人物を捕《つか》まえるため、グリムを連れてパトロールへと繰《く》り出したのだが……。

「さっきから何言ってんだ、夜の街のパトロールだって言ってるだろ」

「はいはい、分かってる分かってる。男の子は格好付けたい生き物だものね、デートに誘《さそ》うにも理由が必要。……そういう事でしょう？」

上機嫌《じょうきげん》のグリムはそう言って、クスリと笑うが分かってない。

コイツを連れて来たのは夜に強いという特性と、魔族達の生活基盤《きばん》が整ってきたおかげで配給が終わり、無駄飯食《むだめしぐ》らいと化したので給料分を働かせようとの理由だ。

他の戦闘員はアジト周辺の魔獣《まじゅう》を駆除《くじょ》したり、再びトリスへ偵察《ていさつ》に行ったりとそれぞれ独自に行動中。

バイパーは大量の書類仕事と魔族のまとめ役を担《にな》っている。

意外なのが、勝手に領主代理を名乗ってアジト街で幅《はば》を利かせていたスノウで、グレイスの街の商人と交渉《こうしょう》し物資を安く卸《おろ》して貰《もら》ったりと、何だかんだで役立っていた。

そしてアリスは、ロゼを護衛に伴《ともな》って湖に沈《しず》む巨大《きょだい》メカの調査中で——

つまり、現在アジトで手が空いている穀潰《ごくつぶ》しはコイツだけという事だ。

「それで、どこをパトロールするの？　落ち着いた雰囲気のバーにでも行く？　この先に人気《ひとけ》の無い公園があるけど、そこはまだダメ。まずは軽いトークを交《か》わしながらお互《たが》いにムードを高めるの。公園に行くのはお酒が入って火照《ほて》った顔を冷ますため。女の子にだって付いて行く言い訳が必要なの」

この穀潰しは本当に何言ってるんだ。

「最初に向かう所は決まってる。あそこを曲がった先にあるスラム街だよ」

それを聞いたグリムはなぜか、しょうがないなと言わんばかりに苦笑を浮かべ。

「あそこには強面《こわもて》のお兄さんがたむろしているから、いい女を連れて歩けば間違いなく絡《から》まれるわね。……まったく、私達はもうそこそこ長い付き合いでしょう？　確か吊《つ》り橋効果って言うんだったかしら？　別にそんな演出しなくても、隊長の頼《たの》もしさは知ってるわ」

と、いよいよワケの分からない事を言いながらパチリとウインクして見せた――


「――隊長。ねえ、隊長。聞いてもいい？」

スラム街にやって来た俺達は、例の不審者を捜《さが》して散策していた。

俺に車椅子を押されながらグリムが真顔で尋《たず》ねてくる。

「どうした？」

「……これって本当にお仕事なの？」

真顔のグリムに返事をしながら、こちらを覗うスラムのチンピラを威嚇《いかく》していると……。

「……？　最初からそう言ってるじゃん。最近この辺りに不審者が現れるんだと」

俺がアッサリ肯定《こうてい》すると、グリムが突然《とつぜん》暴れ出した。

「はあああああ!?　ふざけるんじゃないわよ、人を期待させといて何なのそれ！　どうして私だけ誘うのよ、どうして誘うのが夜なのよ！」

「お前だけ連れて来たのは、お前だけがちゃんと働いてないからだぞ。どうして夜なのかと言えば、お前は夜しか役に立ってくれないからだ」

「聞きたくないわよ、そんな正論！　ほらっ、そこのあんた、ここにいい女が転がってるわよ、絡んでこないの!?」

　とうとう通行人に絡み出したグリムに対し、チンピラじみた身なりの男達が関《かか》わり合いになりたくないとばかりに目を逸《そ》らす。

「一応言っておくけどこの辺のチンピラは俺達には近付かないぞ。悪の組織の構成員としてちゃんとシメておいたからな」

「何て事するのよ、隊長の方がよほどチンピラじゃない！　……ちょっと待って。最近一人でバーに行っても、皆《みんな》が目も合わせてくれない気がしていたけど、ひょっとして……」

「俺達の仲間だと思われてるんだろうな」

「ああああああ！　いやあああああああああ！」

　泣きながらその場から離《はな》れようとするグリムだが、俺はすかさず捕まえる。

「お前はもう立派なキサラギの関係者だろうが！　言っとくけどもう逃げられないぞ。ウチは来る者は拒《こば》まないが離れようとするヤツには厳しいからな！」

「聞いてない、私こんなの聞いてないわ！　タダでさえ出会いが無いのに、皆に後ろ指さされるのは嫌よ！」

邪神崇拝者《じゃしんすうはい》のお前は既《すで》に後ろ指さされてるだろ。

「オラッ、いいからとっとと付いて来い！　既に金なら払《はら》ってるんだ、キッチリ体で返してもらうぞ！」

「少しは言い方を選んでよ！　今からエッチな事させられる気分になるわ！」

給料分は働けって意味なんだが、お前が言うとシャレにならないだろうが。

——と、車椅子の上で抵抗するグリムを強引《ごういん》に運ぼうとした、その時だった。


「そこまでよッ！」


不健康なスラム街には不似合いな、力強い制止の声が轟《とどろ》き渡《わた》る。

声がした辺りに目を向ければ、今にも崩《くず》れそうな掘《ほ》っ建て小屋の屋根の上に、スレンダーな黒髪《くろかみ》の美女が立っていた。

白い鎧を身に纏《まと》ったその女が真っ直《す》ぐにこちらを睨《にら》み付けている事から、今の制止は俺達に向けられたものなのだろう。

泣き喚《わめ》いていたグリムを見詰《みつ》め、勝手に強い憤《いきどお》りを覚えているその女は、こちらにビシッと指を差し——

「私は《救済の鈍色《にびいろ》》アーデルハイト・クリューゲル！　この国を調べ上げ、放置すべきか我々の手で管理すべきかの審判《しんぱん》を下す調停者！　任務中の身としては、ここは見て見ぬ振《ふ》りをすべきなのだろうけど……」

一見するとクールそうな印象を受けるつり目がちのキツメの美女だが、怒《いか》りに燃えた銀色の瞳《ひとみ》と大声のおかげでそんなイメージは吹《ふ》き飛んだ。

アーデルハイトと名乗ったその女は、

「車椅子に乗ったか弱い女性を連れ去ろうとする、風上にも置けない悪党！　貴方《あなた》を見過ごしては世界の管理を生業《なりわい》とする者の名折れ……！　さあ、その女性を」

俺が掘っ建て小屋に全力の蹴《け》りを放った事で、倒壊《とうかい》した小屋と一緒《いっしょ》に崩れ落ちた——

3

屋根から落っこちてきた変な女は、落下した痛みで転げ回っていたところを捕縛《ほばく》した。

「何なんだこの女は……」

「私を助けようとしてくれたんでしょうけど惜《お》しかったわね。もし貴方が男の人だったたなら、うっかり隊長を裏切っていたところよ」

　バカな事を口走るグリムを尻目《しりめ》に、俺は両手を縛《しば》り上げられた状態で地面に転がる女を観察した。

　身に着けている白い鎧《よろい》は、よく見れば鎧というよりも俺達の戦闘《せんとう》服みたいなデザインだ。

「くっ、この私とした事が……！　でも私は正義の名の下に、悪党には屈《くっ》しない！」

　突然現れた変な女は、そんな事を言いながら縛られた体をモジモジさせていた。

　この女からは何というか、触《ふ》れてはいけない地雷臭《じらいしゅう》がする。

「隊長ってばどうしたの？　……ははーん、相手が女の人だから良からぬ事を考えてるのね。でもダメよ？　デートの最中に他《ほか》の女に色目を使っちゃあ……」

「デートじゃなくて任務だって言ってるだろ。多分コイツが任務目標の不審《ふしん》者だよ」

　いい年して頬《ほお》を膨《ふく》らます本家地雷女は置いておき、俺は不審者の前に屈《かが》み込む。

「……さて。あんた、名前は何て言ったかな？　あんたには聞きたい事がある」

「《救済の鈍色》アーデルハイト・クリューゲルよ！　親しい人はアデリーと呼ぶわ！　悪党に何を聞かれても答える気は無い！」

　……やだなあ、やっぱりこの女からは、関わり合いになりたくない雰囲気《ふんいき》が漂《ただよ》っている。

　本来であれば美女の尋問《じんもん》なんて悪行ポイントが稼《かせ》ぎ放題な上、セクハラも合法的な尋問となり、とても美味《おい》しいはずなのだが……。

俺は色んな葛藤《かっとう》を抑《おさ》え込み、単刀直入に聞いてみた。

「おいアデリー。……お前、ヒーローって知ってるか？」

そう、コイツは地球で激戦を繰り広げてきた、ヒーローと同じ雰囲気が感じられるのだ。

「……ヒーローって誰《だれ》？　……ハッ！　悪党には何も答えないわよ！　あと、アデリーは親しい人だけに許している愛称《あいしょう》だから、貴方はその名で呼ばないで！」

素《す》で尋ね返してきた様子から、地球のヒーローとは無関係なのだろうか？

こんなに暑苦しくて人の話を聞かないのはヒーローの関係者だからだと思ったのだが……。

「おい、アーデルハイトさんよ。あんた、正義がどうとか言ってたな？　つまりあんたは正義の味方ってわけだ」

「ええ、正義の味方ってわけよ。……あと、アーデルハイトって呼ばれるのは可愛《かわい》くないから嫌《きら》いなの。やっぱりアデリーって呼んでいいわ」

アデリーは地面に横たわったまま素直に答えてくるのだが、本当にコイツが迷惑行為《めいわくこうい》を続ける不審者なのか、いまいち自信が持てなくなってきた。

「俺の名は戦闘員六号。こっちはグリムだ。俺達は現在、この街に出没《しゅつぼつ》するという迷惑な不審者を捕縛するためパトロールしていたんだが……」

「……貴方、その車椅子《くるまいす》の女性と知り合いだったの？」

その問い掛《か》けに、俺とグリムは先ほどの揉《も》み合いの原因を説明する。

それを聞いたアデリーは、はーっと安堵《あんど》の息を吐《は》き出した。

「良かったわ、悪党に攫《さら》われるいたいけな女性はいなかったのね。ロクゴーさん、街の治安維持《いじ》に努める正義な貴方を、悪党などと罵《ののし》ってしまってごめんなさい。実はこの街で、黒い鎧を着ている男達が日夜悪事を働いていると聞いていたから、勘違《かんちが》いしたわ」

悪事を働いている男達に心当たりがあるが、黙《だま》っておく。

と、アデリーは未《いま》だ地に転がされたままの姿でカッと目を見開くと、

「でも、これも何かの縁《えん》！　このアデリー、不審者捕縛に協力するわ！」

「お前がその不審者なんだぞ」

「ねえ隊長、ゼナリスの大司教として忠告よ。この人には関わらない方がいいと思うの」

俺の不審者呼ばわりに、アデリーが身を捩《よじ》らせて抗議《こうぎ》する。

「不審者とは心外だわ正義の人、貴方が治安維持のパトロールを行っているというのなら、むしろ私は同業者よ！」

「同業者って何だよ、この国の治安は警察官と俺達戦闘員が担《にな》ってるんだぞ。お前、ちゃんと許可取ってるのか？」

「正義の味方は勝手に正義を行使するもの。もちろん許可なんて取らないわ！」

「ねえ隊長、今からでも遅《おそ》くないわ。やっぱりこの人には関わらない方がいいと思うの」

俺だって出来ればこのまま捨てていきたいが、それでも確認《かくにん》は必要だ。

「なああんた、最近国営の農場を襲撃《しゅうげき》したか？」

「オークを農奴《のうど》にしていた邪悪《じゃあく》な農場なら襲撃したけど、知らないわね」

まだだ、まだコイツと決まったわけじゃない。

「ある串《くし》焼《や》き屋が、串焼きに使ってる合法肉の正体をバラされて、売り上げが激減して困ってるそうなんだけど、心当たりは？」

「口に出すのもおぞましい、アレの肉を売る邪悪な屋台なら告発したけど、知らないわね」

ま、まだだ、まだコイツと決まったわけじゃあ……、

「ねえアデリーさん、他にも貴方が行った善行を教えてくれないかしら？」

「そうね、邪悪な貯水場でいたいけなメイド少女が延々と水を生成させられていたから、民衆に訴《うった》えかけて抗議活動を行ったわ」

「やっぱお前が不審者じゃねーか！」

俺は思わずツッコみながら、簀《す》巻《ま》き女を肩《かた》に担《かつ》いだ。

「ま、待ちなさい、私は正義を行使しただけよ！　これから私をどうするつもり!?」

それはもちろん……、

「ダ、ダメよ隊長、尋問と称してその人にエッチな事をするつもりでしょう！　魔王《まおう》軍幹部、ハイネを捕《つか》まえた時みたいに！」

違う、衛兵に引き渡すだけだ。

「な、なんですってー!?　止《や》めなさい正義の人、それは悪のする事よ！　そりゃあ、仲間内でも黙っていれば美人と名高い私に、そういう事をしたがる気持ちは分かるけどお……」

「いきなり現れて何なのよこの女は！　私だって、重くてゼナリス教徒じゃなければとか、隊長からは、責任取らなくていいならエロい事したいとか言われてるのよ！」

やはり俺の勘は正しかった。

地雷女が二人に増えたがとっとと片方を処理してしまおう。

「正義の人、私をどこへ連れてく気なの!?　日夜街の治安を維持する貴方とは、性格的には相性《あいしょう》良さそうではあるけれど、私達、まだ会ったばかりだし……」

「まさか逢《あ》い引き宿じゃないわよね？　ねえ隊長、デートの最中に他の女とそういう事するのは最低よ!?　こんなポッと出なんかじゃなくて、長い付き合いの私を選びなさいよ！」

片方じゃなく、やっぱ両方引き取ってもらおうか。

「警察署に向かってるんだぞ」

俺の放った一言に、アデリーが動きを止める。

「……一応の確認だけど、どうしてそんな所に向かっているの？」

「お前を引き渡すために向かってるんだぞ」

それを聞いたアデリーが肩の上で暴れ出した。

「警察はマズいわ正義の人！　お願い待って、話をしましょう！」

「うるせー！　お前からはどうにもトラブルの臭《にお》いがするんだよ！」

本来であれば俺達悪の組織にとって厄介《やっかい》事はむしろ望むべきものなのだ。

堂々とトラブルに介入《かいにゅう》し、難癖《なんくせ》を付けて屈服させる。

そこからみかじめ料を取ったり慰謝料《いしゃりょう》を請求《せいきゅう》したりと、俺達の飯の種の一部になる。

だがコイツは……。

「ねえ隊長、今日はヤケに大人しいわね？　てっきりこの不審者に、尋問と称してセクハラしたり、嫌《いや》がらせするものだと思っていたんだけど」

肩の上で未だギャンギャン騒《さわ》ぐアデリーをよそに、グリムがコッソリと囁《ささや》いてくる。

「俺だって相手を選ぶ権利はあるぞ。この女は何だか、俺の趣味《しゅみ》じゃないっていうか……」

いや違うな。

「生理的に受け付けない」

「聞こえているわよ正義の人。貴方案外失礼ね！」

4

変な女を警察に引き渡《わた》した、その翌日。

「眠《ねむ》そうですね、六号さん。昨夜は大変だったみたいですね？」

「ほんとだよ、変な女が俺を勝手に正義の同志扱《あつか》いして泣き喚《わめ》いたせいで、警察署では面倒《めんどう》な事になったし。仕事終えたから帰ろうとしたら、今度はグリムが面倒臭《くさ》いし。結局朝までバーに付き合わされたんだぞ」

相変わらずバイパーの執務《しつむ》室でゴロゴロしていた俺は、欠伸《あくび》をかみ殺しながら昨夜の愚《ぐ》痴《ち》をこぼしていた。

「それで、捕まえた不審者の方は何者だったのですか？」

「よく分かんない。特徴《とくちょう》的にはヒーローに似通ってたんだけどなあ……」

関《かか》わりたくなかったので全《すべ》て警察に任せてきたが、結局アイツは何だったんだろう。

「一応キサラギの研修でその存在については習いましたが、ヒーローという方々は一体どんな人達なのですか？」

バイパーが仕事の手を止めて尋《たず》ねてくるが、ヒーローかあ……。

あの連中は、まず自らこそが正しいと信じて疑わず、相手の主張に耳を貸そうとせず、なんかやたらと声がデカい。

そして日頃《ひごろ》から平和を愛するとか触れ回っておきながら、戦闘の前にまず話し合いで解決しようとするヒーローにお目に掛かった事がない。

体育会系の者が多く、正義は必ず勝つんだと今時流行《はや》らない精神論を持ち出し、やたら吠《ほ》えたり叫《さけ》んだりと暑苦しい。

……俺は本当は、悪の組織の戦闘員ではなくヒーローになりたかったのだ。

だが、俺が駆《か》け出し戦闘員としてまだアルバイト扱いだった頃、何とか戦隊のピンク色のお姉さんにスカウトされ、ヒーロー研修を受けた事があった。

日曜日になると遊園地でヒーローショーを開いて、子供達にヒーローこそが絶対に正しいのだとの刷り込みから始まり、『チビッ子の諸君、応援《おうえん》よろしくな！』と子供好きをアピールしながら、『これさえ付ければキミもヒーローになれる！』と謳《うた》ったパチモンのヒーローグッズを販売《はんばい》し、子供から搾取《さくしゅ》したお金を活動資金に充《あ》てる。

これらの事でもガッカリしたが、何より俺をスカウトしたピンク色のお姉さんがちっともエロサービスをしてくれないのが決定打だった。

そう、子供達の憧《あこが》れであるヒーローにエロは厳禁らしい。

俺は、人の話を聞く平和主義者でいつも穏《おだ》やかなバイパーをジッと見ると、

「一言でいえば、エロいバイパーちゃんと真逆の連中かな」

「エ、エロいですか⁉　私、そんなにエロいですか⁉」

執務室では魔王服を着ているが、怪人《かいじん》ヘビ女の時のバイパーは普通《ふつう》にエロい。

「バイパーちゃんは見てくれもエッチだけど中身もエッチじゃん。ちょっと前までは俺達に、やたらと体で償《つぐな》おうとしてたし」

「あ、あれはもう忘れて下さい！　……というか私、見てくれまでエッチですか？　……いえ、悪の組織なら、むしろエッチな幹部を目指すべきで……」

真面目《まじめ》な顔でブツブツ呟《つぶや》きだしたバイパーを愛《め》でていると、執務室のドアが開かれた。

そして、何やら慌《あわ》てた様子のハイネが室内に顔を出す。

「私、決めました！　今日は勇気を出して下着を穿《は》かないでおこうと思います！」

「その勇気は買うけれど、パンツは穿いといた方がいいよバイパーちゃん」

「……バイパー様、怪人とやらになってから一体どうされたのですか？　ひょっとしてアタシを困らせようとしてるんですか？」

毎度狙《ねら》ったかのようなタイミングで現れるハイネがはらはらと涙《なみだ》をこぼし始める。

「バイパーちゃんは日々進化してるんだ。うかうかしてるとお前のエロ属性も奪《うば》われるぞ」

「アタシの属性は炎《ほのお》だよ！　バイパー様、この男と関わるとアホが移ります！　もうこの部屋への出入りは禁じるべきです！」

　いきなりやって来て失礼な物言いのハイネだが、そもそもコイツは何しに来たんだ。

「六号さんが居てくれると仕事の合間の息抜《いきぬ》きにもなるし、立ち入り禁止というのはちょっと……。それよりハイネ、慌てていたみたいだけど、どうしたの？」

「そ、そうでした！　実は、ラッセルのヤツが……！」


――ハイネに案内されて向かったのはグレイスの街の貯水場。

そこではメイド服姿のラッセルが、変な女に絡《から》まれていた。

「だ、だからボクは、好きでこの仕事をやってるんだってば！　何なんだよお前、いい加減にあっちへ行けよ！」

「ダメよ、貴方《あなた》は騙《だま》されてるの！　正義を掲《かか》げる私としては、子供が搾取されているのを見過ごせないわ！　さあ、良《い》い所に連れてってあげるからお姉さんと一緒《いっしょ》に来なさい！」

　そう言って嫌がるラッセルを連れて行こうとしているのは、昨夜捕まえたはずの変な女ことアデリーだった。

「これは一体……」

それを見たバイパーが小さく呟き戸惑《とまど》いの表情を見せる中、俺はハイネと頷《うなず》き合うと迷う事なく飛び掛《か》かった！

「オラァ！　このド変態女め、未成年誘拐《ゆうかい》の現行犯だ！」

「ラッセルに何するつもりだい、この痴女《ちじょ》が！」

「なあああああああーっ⁉　な、何事⁉　……ああっ、貴方は昨夜の！」

アッサリと取り押さえられたアデリーは、俺を見るなり食って掛かる。

「正義の使者である私をド変態女呼ばわりとは聞き流せないわね！　私は《救済の鈍《にび》」

「罪状は、未成年の男の子に対する性的イタズラ目的での誘拐だ。よりにもよって子供への性犯罪とは救い難《がた》い変態女め！」

俺はアデリーに最後まで言わせる事なく罪状を口頭で突《つ》き付けた。

街の治安維持《いじ》に努める戦闘《せんとう》員はこういう時のために逮捕《たいほ》権を有しているのだ。

たまに犯罪者側になる場合もあるが、軽犯罪ばかりなのでご愛嬌《あいきょう》だ。

「まま、待ちなさい！　私は別にイタズラなんて……！　って、ちょっと待って、未成年の男の子？　貴方は何を言っているの？」

俺がしっかり確保したのを確認すると、ハイネがラッセルを抱《だ》き締《し》めた。

「ラッセル、大丈夫《だいじょうぶ》だったかい？　アンタが変な女に嫌がらせを受けているって聞いて駆け付けたんだけど……」

「ありがとう、助かったよハイネ。ボクはまだこの国において要観察中の身だから、嫌がらせを受けても反撃《はんげき》出来ないからね」

ハイネとラッセルは元魔王軍幹部という事もあり、未《いま》だ自由の身ではない。

相手が少年にイタズラしようとする変態だろうと、グレイス王国の人間を攻撃《こうげき》しようものならマズい事になる。

それを……。

「抵抗《ていこう》出来ないのをいい事に、年端《としは》もいかない少年にイタズラしようとはとんでもない極《ごく》悪人《あくにん》め。言い訳は警察署でするんだな！」

「待って、私は本当にイタズラなんて……！　それに、貴方はさっきから何言ってるの⁉　あんなに可愛《かわい》い子が男の子なわけないじゃない！」

「お前こそ何言ってんだ、あんなに可愛い女の子がいるわけないだろ！」

「⁉⁇⁉」

混乱したアデリーがラッセルに救いを求める目を向けるが、

「ソイツが言ってる通りだよ。ボクはこれでも男の子だから。一応言っとくけど、好きでこの格好してるワケじゃないからね」

「さっぱり意味が分からないわ！　好きでやってるんじゃなければ何なのよ！」

更《さら》に混乱が深まったアデリーに、ハイネが怒《いか》りを露《あら》わに噛《か》み付いた。

「ラッセルの格好はどうでもいい！　今問題になってるのは、女装させた男の子を良い所に連れ去ろうとしたアンタの事だ！」

「言い方に気を付けて！　それだけ聞くと私が大変な犯罪者みたい！」

「だから、お前は大変な犯罪者だって言ってんだよ。こらっ、抵抗するな！　おいハイネ、そっちを押さえろ！」

「くっ、コイツ、人間のクセに結構な力しやがって……！」

「あああああああ！　私、正義の使者なのに！　法と秩序《ちつじょ》の神に仕える使徒なのに、どうして連日捕《つか》まるのよ！」

泣き喚きながら抵抗するアデリーの言葉に、俺はふと手を止めた。

「お前、昨日も正義がどうとか言っていたけど、今日は特におかしな事を言い出したな。神に仕える使徒だと？」

「そ、そうよ、私は使徒なの！　荒廃《こうはい》した大地、滅《ほろ》び掛けた人類。それらを救済するために、法と秩序の管理者としてこの私が遣《つか》わされたのよ！」

そう言ってドヤ顔を見せるアデリーの頬《ほお》を、ハイネがペシと引っぱたく。

「何が法と秩序の管理者だ、正義の使者とかふざけんな！　アタシはそういった偽善者《ぎぜん》じみた輩《やから》は大嫌《だいきら》いなんだよ！」

「よくも正義の使者を叩いたわね、このエロエロ女！　そんな、魔王《まおう》の女幹部みたいなふしだらな格好して恥《は》ずかしいと思わないの⁉」

「おまっ……！　初対面のクセに、お前までエロいとか言うな！　あと、アタシは元とはいえ本物の魔王軍幹部だ！　偏見《へんけん》の目で見るんじゃない、ぶっ飛ばすぞ！」

魔の付く者としては神だの正義だのは宿敵なのか、ハイネが牙《きば》を剝《む》いて威嚇《いかく》する。

と、その時だった。

アデリーがヒュッと息を吐《は》き、体を縛《しば》っていたロープを引き千切る。

……って嘘《うそ》だろ、鋼鉄ワイヤー入りのロープだぞ！

「んなっ⁉」

驚愕《きようがく》するハイネに、体の自由を得たアデリーが殴《なぐ》り掛かった、その瞬間《しゆんかん》。

両手で顔を庇《かば》い目を瞑《つぶ》るハイネを庇い、バイパーが拳《こぶし》を受け止めていた。

「バイパー様ー！」

自らが守られた事で感激の声を上げるハイネをよそに、アデリーが据《す》わった目でバイパーを睨《にら》み付ける。

「……そこをどきなさい。元とはいえ、魔王軍の幹部は正義の名の下《もと》に殲滅《せんめつ》するわ！」

「……魔王軍にどんな恨《うら》みがあるのかは知りませんが、この子は現在隷属刑《れいぞくけい》に処され、今も罪を償っている最中です。見過ごすわけにはまいりません」

アデリーの剣幕《けんまく》に若干《じゃっかん》気圧《けお》されながらも、バイパーは目を逸《そ》らす事なく言い放つ。

二人が対峙《たいじ》する一方で、ハイネとラッセルが援護《えんご》するべく身構えた。

俺はアデリーの背後に回り込み、いつでも取り押さえられる体勢に移行すると……。

「その人に恨みはないけれど、魔王軍は滅びなければいけないの！　それが神が定めたシナリオだからよ！　……というか、どうして魔王軍幹部が生き残っているの？　勇者は何をやってるのよ。四人の幹部が倒《たお》された後魔王城の結界が崩壊《ほうかい》し、やがて魔王が討《う》ち果たされ人類に平和が訪《おとず》れる……それが、この国に下された予言のはずよ」

アデリーが何を言っているのかサッパリだが、そういえば勇者なんてのも居たなと今さらながらに思い出す。

というかコイツは予言通り勇者が魔王を討ち取ったとでも思っているのだろうか。

正義だ何だとうるさいし、ひょっとして勇者のファンか？

「勇者なんてとっくの昔に行方《ゆくえ》不明だよ。アタシらは、アンタの後ろにいる男に負けたんだ。勇者の伝承の事はアタシだって知ってるさ。でも残念だったね、あんな胡散臭《うさんくさ》いおとぎ話は外れたんだよ、ざまーみろ！」

バイパーの後ろから子供みたいに挑発《ちょうはつ》するハイネの言葉に、アデリーの表情が困惑《こんわく》の色に染まった。

アデリーはジリジリと距離《きょり》を詰《つ》めていた俺に振《ふ》り返る。

「ねえロクゴー、今の話は本当？　勇者じゃない貴方が魔王軍に打ち勝ったの？」

「本当だよ。魔王軍を壊滅《かいめつ》させたのは俺じゃなくて上司だけどな」

お約束なんてクソ食《く》らえなリリスの爆撃《ばくげき》で、魔王軍は壊滅し前魔王はアッサリ死んだ。

そして魔王軍はキサラギに吸収され、現在に至るわけなのだが……。

「魔王軍を滅ぼした事に関しては、正しい行いなのでエラいねと褒《ほ》めてあげたいとこだけど、困ったわね。それじゃあ神託《しんたく》からどんどん遠く離《はな》れてしまうわ……」

「さっきから予言だの神託だの、お前は結局なんなんだ？　昨日といい今日といいはた迷《めい》惑《わく》な事ばかりしているし、ヒーローごっこや勇者遊びは他《ほか》でやれよ」

何やら悩《なや》み出したアデリーに、ハイネが突然《とつぜん》片手を突き出した。

「人を攻撃しておいて何をブツクサ言ってんのさ。コレはアンタが仕掛《しか》けた喧嘩《けんか》だ、反撃される事ぐらいは予想しときな！」

　ついさっきまでバイパーの背に隠《かく》れていたクセに、相手が隙《すき》を見せた瞬間襲《おそ》い掛かるとか、さすがは元魔王軍幹部、俺が感心する卑劣《ひれつ》ぶりだ。

　だがアデリーはまるで動じた様子もなく、ハイネが放った炎塊《えんかい》に余裕《よゆう》の笑《え》みで手を翳《かざ》す。

「貴方達の力は想定済みよ。魔族がどれだけ努力をしても、貴方達が……熱ーいっ！」

　翳した手が炎に包まれアデリーが悲鳴を上げる。

　アデリーはバシバシと地面に手を叩き付けなんとか炎を消し止めると、涙目のドヤ顔をして見せた。

「……貴方達の力は想定済みよ。魔族がどれだけ努力をしても、貴方達が持つ魔導石では、私に傷は付けられないわ」

「おいハイネ、今度は全力で撃《う》ち込んでやれ」

「任せときな、アタシの本気を見せてやるよ」

　俺の言葉に乗り気なハイネを見て、アデリーが慌《あわ》てて後退《あとずさ》る。

「ま、待ちなさい！　こんなのおかしいわ、魔族の出せる火力じゃない！　予言が外れた事といい、この世界に何が起こっているの……？」

　さっき貴方達が持つ魔導石ではどうとか言っていたが、ハイネが持っている石は確かドラゴンから奪《うば》った物のはず。

と、何やらブツブツ呟《つぶや》くアデリーに、バイパーがそっと歩み寄ると、火傷《やけど》を負った方の手を取った。

「な、何⁉　や、やる気⁉　いいわ、私だって本気を出せば――」

「時の女神《めがみ》の名の下に、汝《なんじ》の傷を元に戻《もど》せ！」

食って掛かろうとするアデリーの火傷痕《あと》が、時間を巻き戻すように癒《い》えていく。

絶句するアデリーをよそに、ラッセルに向き直ったバイパーは、

「ラッセル、貴方《あなた》の水魔法でこの方の火傷を冷やしてあげてくれませんか？」

「バイパーはどこまでもお人好《ひとよ》しだなあ……」

バイパーの頼《たの》みを受けて火傷を冷やし始めたラッセルを、アデリーが呆然《ぼうぜん》と眺《なが》めている。

そして、ハイネが居心地《いごこち》悪そうにポリポリと頬を掻《か》いていた。

「どこのどなたかは分かりませんが、貴方が私達魔族を敵視しているのは理解しました。ですが、この子達は元魔王軍幹部としての罪を償《つぐな》っている最中です。どうか、今のところは見守ってあげては貰《もら》えませんか？」

バイパーの真摯《しんし》な言葉に、ハイネに続いてアデリーも居心地悪そうに頬を掻く。

「……どうやら先走ってしまったみたいね。でも私は正義の使者の身である以上、魔王軍幹部の生き残りを見てしまっては素直《すなお》に見逃《みのが》すわけにはいかないの。そこで……。貴方達

が悪じゃないという事を示して貰うわ。さあ、この水晶《すいしょう》が何だか分かる？」

そう言ってアデリーが取り出したのは、一見何の変哲《へんてつ》もない水晶玉だった。

だが、それを見た俺はピンときた。

ハイネとラッセルの方を見れば、二人の顔色がみるみるうちに悪くなる。

俺は二人の反応で、自分の予想が外れていない事を確信した。

「コレはその人の魂《たましい》の色を測る、カルマ測定水晶よ。魂が清く、本質が善良であれば白く。そして、魂が穢《けが》れていて邪悪《じゃあく》であれば黒く染まるわ。たとえば、私ぐらいになると……」

アデリーはそう言って水晶を握《にぎ》り目を閉じると、水晶が白い光を放ち出した。

「……ふう。とまあ、こんなものよ。ここまで綺麗《きれい》な色じゃなくてもいいわ、貴方達が悪でない事を示しなさい！」

勝ち誇《ほこ》った顔のアデリーが水晶を差し出してくるが、コレは受け取ってしまってはダメなヤツだ。

ファンタジーのお約束であり、魔法の力で犯罪歴とかを調べるアイテムである。

間違《まちが》いない、異世界系のアニメで稀《まれ》によく見るヤツだ。

（おい、ヤバいぞ。清く正しい俺はともかく、お前ら二人は黒くなるだろ）

（アア、アタシはアンタほどの悪党じゃないつもりだよ！　それを言ったらラッセルの方が、敵をオモチャにしたり見下していたぶったりと……）

（ま、待ちなよハイネ、アレは幹部としてのキャラ作りであって……！　大体、ハイネなんて誰《だれ》にでも喧嘩売る武闘派《ぶとうは》じゃないか、そっちの方が絶対ヤバいよ！）

　ヒソヒソと囁《ささや》き合う俺達に、アデリーが不審《ふしん》の眼差《まなざ》しを向け始めた。

　そちらにチラリと視線を送ったラッセルが、口元を僅《わず》かに歪《ゆが》めると、

（そもそもボク達はこの国の王女にちゃんと赦《ゆる》しを貰ってるんだ、元魔王軍幹部だろうが邪悪だろうが、他人に言われる筋合いじゃない。ねえ、あのお姉さんってそんなに強いの？　こっちは数が多いんだし、いっその事……）

　そう言って小さく嗤《わら》うラッセルに、俺とハイネは身を引かせた。

（見ろよハイネ、コレが邪悪ってヤツだ。この年で恐《おそ》ろしい提案しやがる）

（ラ、ラッセル、アンタ……）

（ち、違……！　だって悪いのはアイツじゃん！　ボクは仕事していただけなんだよ⁉　なのに、ボクを連れて行こうとした上に攻撃《こうげき》を仕掛けてきたりしてさ！　この国の法に照らし合わせたら絶対向こうが捕まるって！）

　と、ラッセルの黒さに俺達が引いていた時だった。

「私はこの三人の上司です。なので、ここは皆《みんな》を代表して私一人で事を収めるわけにはい

きませんか？」

　そう言って、アデリーの差し出していた水晶を受け取るバイパー。

　だが……、

「そうはいかないわ。私は正義の使者として、悪は一人も逃すわけには……」

「私には、長い間仕えてきてくれたこの子達を守る義務があります。それに……」

　難色を示したアデリーに最後まで言わせる事なく、バイパーがそれを遮《さえぎ》って。

「私の名はバイパー。最後の魔王にして秘密結社キサラギ幹部、魔王バイパーです。私の首は正義に属する方々にとって、最大級の功績になる事でしょう」

　俺の上司である怪人《かいじん》ヘビ女ではなく、元魔王としての威厳《いげん》を醸《かも》し出しながら、バイパーがキッパリと言い切った。

「ま、魔王ですって⁉　それが本当なら、確かに貴方一人でも十分……えっ？」

　バイパーに気圧されたかのように後退るアデリーは、それでも最後まで見届けようと踏《ふ》み留《とど》まると、その表情を固まらせた。

「……バイパーちゃんバイパーちゃん、水晶、めっちゃ光ってるね」

「光ってるどころじゃないよ。このお姉さんが使った時より、どう見ても白く輝《かがや》いてるよ」

「さすがですバイパー様！　自称《じしょう》正義の使者よりも光らせるとか、これじゃどっちが悪だか分かりませんね！」

バイパーが握り締《し》めた水晶は、今も純白の光を放ちながら眩《まばゆ》く輝き続けている。

固まったアデリーは水晶をガン見したまま動かない。

「あ、あの……。この場合は一体どうすればいいのでしょうか……」

自分でも予想外だったのか、バイパーが困惑しながら声を掛けると、アデリーがハッと我に返った。

「そそそ、そうね！　まあ？　本来であればちょっとやそっと光ったぐらいじゃ見逃すつもりも無かったけれど、私と同等ぐらいに光ってるし？　正義の人であると、認めてあげなくもなくもないみたいな……」

そんな往生際《おうじょうぎわ》の悪いアデリーに元魔王《まおう》軍幹部二人が聞こえよがしに囁き合う。

（ねえハイネ、あのお姉さん、あんな事言ってるよ。試《ため》しにもう一度水晶を握らせようか。あんなに潔《いさぎよ》くない態度を取っているし、さっきより光らないと思う）

（なあラッセル、つまりアイツは魔王様より魂が穢《けが》れてるって事だろ？　それって正義の使者を名乗ってもいいのか？）

それを聞いたアデリーはダラダラと汗《あせ》を垂らしながらバイパーを指差すと。

「貴方、なかなかやるじゃない！　いいわ、今日のところは見逃してあげるわ！　でも、

次に会う時は貴方達の本性《ほんしょう》を暴《あば》いてみせる！　その時こそが――」
と、捨てゼリフを吐《は》こうとした瞬間《しゅんかん》、ポンと肩《かた》を叩《たた》かれた。

「あー、お姉さん、ちょっといいかな？　キミ、昨夜ウチの留置所に泊《と》まってもらった人だよね？　今朝、もう騒《さわ》ぎを起こさないでねって言ったばかりなのに、何やってるの？」

肩を叩いたのは、グリムとしょっちゅう喧嘩している事で見覚えのある、巡回《じゅんかい》中とみられる女性警官。

青い顔で固まったアデリーは、更《さら》にダラダラと汗を垂らし。

「ちちちち、違うんです、コレは悪を取り締まる正義の行いで……」

「それは私達警察官の仕事ですよ。というか、この貯水場は国の重要施設《しせつ》なんですが、貴方はここで何をしていたんですか？」

職務質問を受ける正義の使者は、こちらに縋《すが》るような目を向けてくる。

それに釣《つ》られて女性警官も同じくこちらに視線を向けた。

「こんな所にいちゃいけないって言って、ボクを攫《さら》って行こうとしました」

「それを止めようとしたアタシは、元魔王軍幹部だからって理由で殺されそうに……」

「いつもお勤めご苦労様です。この不審者はそちらに引き渡《わた》しますので、署の方でこってり絞《しぼ》ってやってください」

俺達三人のその言葉でアデリーの腕《うで》に手錠《てじょう》が掛かる。

「ちょっ!?　待って、私正義の使者なのに！　魔王軍幹部を倒《たお》そうとしただけなのに！」

「はいはい、詳《くわ》しい事は署の方で伺《うかが》います。昨日に続いての騒ぎですから、今回はしばらく出られませんよー」

俺は、半泣きで連行されていくアデリーを見送りながら。

アイツがヒーロー関係者かと疑った事を恥《は》ずかしく思っていた――

【中間報告】

アジト近くにある湖の探索《たんさく》中に巨大《きょだい》ロボットの残骸《ざんがい》を見付けました。

アリスが拾って帰ると言って聞かないのですが、アイツには本当にロボット三原則とやらは付いているのでしょうか。

俺の言う事に反抗《はんこう》的な時があるし、人の命をなんとも思っていない時があります。

ついこないだも、俺が死んだ時に備えてコピー人間を作るから血液を寄越《よこ》せと、ぶっ飛んだお願いをされました。

そういえば、グリムと夜のパトロール中に変な女に遭遇《そうぐう》しました。

なぜか路地裏をチョロチョロうろつきながら、俺のセクハラに喜びおかしな事を口走る妙《みょう》な女もいましたが、それとは違《ちが》った意味での変な女です。

幹部の皆様《みなさま》と比較《ひかく》しても遜色《そんしょく》のない変な女なので、今度幹部の誰《だれ》かがこちらに来たら、一度紹介《しょうかい》したいと思っています。

でも、正義正義うるさいので、深く関《かか》わるべきかは悩むところです。

この変な女に関しては、また連絡いたします。

報告者　戦闘《せんとう》員六号より

三章　ご近所さんは首狩り族

1

変な女が再び逮捕《たいほ》されてから一週間後。

トリスへ二回目の偵察《ていさつ》に向かった連中が帰ってきた。

「前回の偵察任務ではお前らにボロクソ言われたからな。今回は悪行ポイントを多めに使って、高精度望遠鏡で有用な情報を集めてきたぞ。ほら、まずはコイツを見てくれ」

会議室に呼び集められた俺達の前に、やけにボロボロになった同僚《どうりょう》が分厚い報告書を置いた。

それをパラパラと捲《めく》ってアリスが口を開く。

「『水精石《すいせいせき》が豊富に採れるトリスでは、惜《お》しげもなく水が使えるためかプールや巨大《きょだい》入浴場などのレジャー施設が多く、街中に水路が張り巡《めぐ》らされ小舟《こぶね》での移動が主流である事から、舟から落ちるなどの万が一の事故に備え、泳ぎやすい薄手《うすで》の服装が好まれている。トリスでは大量に埋《う》まった水精石が時折地面から水を噴《ふ》き上げる事から、住民達は水飛沫《みずしぶき》を浴びる事が多く……』……有用な情報とやらは何ページから始まるんだ？」

「思い切り有用な情報があるだろうが！　トリスの庶民《しょみん》は薄着な格好で、しかも濡《ぬ》れてる事が多いってところだ！」

　バンバンと机を叩く戦闘《せんとう》員にアリスが首を傾《かし》げながら、

「……つまり、トリスで商売するなら水着が売れるって言いたいのか？　揮発性の高い服やビニール傘《がさ》に雨合羽《あまガッパ》、あとはドライヤーとかも売れそうだが、これが有用な情報か？」

　アリスが首をかしげているが、そうじゃない。

「なるほど。トリスでは濡れスケねーちゃんが当たり前のように街中を闊歩《かっぽ》してるのか！」

　俺が漏《も》らした一言に戦闘員達の目付きが変わった。

「コイツら本当に有用な情報を持ち帰って来やがった！　おい、次は俺が偵察に行く！」

「ふざけんな、俺だってトリスの偵察に行きたい！」

「潜入《せんにゅう》工作なら任せとけ、俺ならトリスの正確な地図を作ってみせる！」

　醜《みにく》い同僚達はギャイギャイと騒ぎ立て、しまいには取っ組み合いを始めた。

取っ組み合いの喧嘩《けんか》にはもちろん俺も参加している。

そんな俺達を見かねてか、アリスが言った。

「トリスを占領《せんりょう》しちまえば、濡れスケねーちゃんが毎日身近で見れるだろ」

俺の相棒は自称ではなく本当に高性能だったらしい。

「やっぱお前はおりこうだな。その賢《かしこ》さでトリスを占領する作戦も考えてくれ。先に言っとくけど、俺達戦闘員が死なないヤツだぞ」

そう言ってグリグリと頭を撫《な》で回してやると、されるがままのアリスが頷《うなず》き。

「任せろ、既《すで》に作戦は立ててある。戦争は物量が全《すべ》てだからな、お前らを元にクローン人間を大量に作ってそいつらで……」

「お前は倫理《りんり》に反する作戦ばっか立案すんな！　細菌《さいきん》禁止、核《かく》禁止！　クローン禁止、命を大事に！　もっとこう、楽して美味《おい》しいとこだけ持ってく上手《うま》い作戦とかがあるだろ！」

血も涙《なみだ》もない作戦にドン引きする俺達にアリスが肩を竦《すく》めて言ってくる。

「そんなもんがあるなら地球の支配は完了《かんりょう》してるさ。一番の近道は地道にアジト街の開発を進める事だよ。この星に来て短期間で領土を手に入れはしたものの、まだアジト街は出来たばかりだからな。今は力を蓄《たくわ》えて、ここを安全な拠点《きょてん》にするのが先決だ」

目の前に美味しい餌《えさ》をぶら下げられた後に地味な仕事を提示され、俺を含《ふく》めた戦闘員達

が口々にブーイングを飛ばしていると、

「分かったよ、それじゃあ街の開発は後回しにしてトリス侵攻《しんこう》を進めようじゃねえか。その代わりバイパーに伝言を頼《たの》む。魔族《まぞく》の生活基盤《きばん》を整えるって約束はトリスの占領後になった、悪いがもうちょっと我慢《がまん》してくれと……」

「バイパーをダシに使うのは止《や》めろよ、分かったよ、開発するよ！」

「バイパーさんは魔族を救ってくれたキサラギに恩を返すって言って、毎日身を粉にして頑張《がんば》ってるのに！」

「あの子、誰《だれ》よりも早く起きて、誰よりも遅《おそ》くまで働いてるだろ。それも辛《つら》そうな顔するどころか毎日明るい表情で仕事してるところに、そんな事告げられねえよ……！」

まったくコイツらときたら、悪の組織所属のクセに皆《みんな》バイパーに対しては甘いらしい。

もちろん俺だってそんな伝言は伝えられない。

人心《じんしん》操作に長《た》けたアンドロイドは、大人しくなった俺達に宣言する。

「それじゃあ今後の方針は変わらず内政パートって事で。あと、今回も役立たずだった偵察部隊はもう一度トリスに行って、今度こそ有益な情報持ってこい。……解散！」

「ちくしょう、偵察任務は危険なんだぞ！　分かったよ、今度こそデカい情報持ってきてやるよ！」

偵察部隊がヤケクソ気味に飛び出していくのを皮切りに、俺達がゾロゾロと仕事に戻《もど》ろうとした、その時だった。

「そうそう。偵察部隊以外の戦闘員は、今からちょっと手伝ってくれ」

と、アリスがお使いでも頼むような気楽さで言ってきた。


――森の奥に位置する巨大湖に、戦闘員達の声が響《ひび》き渡る。

「ああああああああああ！　新手が来てる！　来てるってえええええええええ！」

「敵性生物多数、おかわりが迫《せま》ってきてるぞ！」

「地面からなんか生えてきた、足下《あしもと》にも気を付けろ！」

「ドライアード型、オーク型、ゴリラ型多数、新種の魔獣《まじゅう》もいる！　もう無理だ、撤退《てったい》だ！」

アリスに付いて来た戦闘員達は、森の奥から際限なく湧《わ》き出す魔獣を相手に激戦を繰《く》り広げていた。

阿《あ》鼻《び》叫喚《きょうかん》の激戦地から少し離《はな》れた所では、

「た、隊長ー！　いくら何でも多過ぎです、アジト街の人全員で頑張っても、コレ全部食べ切れませんよ！」

「バカッ、食糧《しょくりょう》確保に来たんじゃねーよ！　倒した魔獣は捨てていけ！」

巨大へビことスポポッチを仕留めたロゼがとんちんかんなセリフを口走る中、俺はアリスがいる方へ大声を張り上げた。

「連結作業はまだか、アリスー！　こっちはもう保《も》たねえぞー！」

巨大湖の中では現在、アリスがデストロイヤーとメカの残骸《ざんがい》の連結作業を行っている。

先日ロゼを伴《ともな》って残骸の調査を行ったアリスが、コイツを引き揚《あ》げたいと言い出した。

森の奥深くにある巨大湖のため重機で立ち入る事も出来ず、まだ充電《じゅうでん》中だったデストロイヤーを引っ張り出してきたのだが——

「捨てていくだなんてとんでもない！　倒した相手は残さず食べるのが自然界の掟《おきて》です！」

「こらっ、野良オークは置いてけ！　アジトにオーク肉は持ち込ませないぞ！」

野生のオークを背負ったままスポポッチの尻尾《しっぽ》を摑《つか》んで引き摺《ず》っていたロゼは、突然《とつぜん》その場に身を投げ出した。

ロゼ目掛《めが》けて飛来した何かが、背負っていたオークの頭部にぶち当たり……！

「隊長、新手です！　カチワリ族が現れました！」

「きゃあああ、オークの頭がえらい事に！　おい、もうそれ捨ててけってえええ！」

ロゼの背中で大変な絵面《えづら》になっているオークに思わず悲鳴を上げていると、辺りに重低音のエンジン音が轟《とどろ》き渡《わた》る。

キサラギの関係者なら聞いただけで頼もしさを覚えるエンジン音に、俺はそちらを振《ふ》り返る事なく斧《おの》が飛んできた方に向き直る。

「カチワリ族は紳士《しんし》的だ、礼を尽《つ》くせば襲《おそ》ってこない！　笑顔《えがお》だ、笑顔を見せるんだ！」

そう言って茂《しげ》みに向かって笑い掛けるとなぜか返礼の手斧《ておの》が飛んできた。

「どこが紳士的ですか、あっちは殺《や》る気満々ですよ！　ていうかあたし、たまにご飯を求めて森に入るんですけどカチワリ族に高確率で襲われるんです。あの人達は邪悪《じゃあく》ですよ！」

「だ、だってつい最近、カチワリ族と分かり合えたもん！　バイパーちゃんが精霊《せいれい》語を通訳して、それで……」

と、そこでふと思い出した。

そうだ、あの連中は確か——！

「スポポッチだ！　ロゼ、スポポッチを置いていけ！　ソイツは連中の主食らしい、ソレに手を出しさえしなきゃ襲われない！」

「隊長の命令でもお断りします！　キサラギの戦闘員が獲物《えもの》を横取りされるだなんて、恥《は》ずかしいと思わないんですか！」

なんでこんな時だけキサラギ魂《だましい》を見せるんだ、お前そんなキャラじゃないだろうが！

援護《えんご》を頼もうと見回せば、頼《たよ》りない同僚達はデストロイヤーの起動音を聞いた時点で既に撤退を始めていた。

ロゼは大量の魔獣の亡骸《なきがら》を奪《うば》われまいと背中に庇《かば》い、茂みに潜《ひそ》む敵に向かって両手を広げ威嚇《いかく》する。

「がおおおおおおおおお！」

子供が強がっているようにしか思えないロゼの威嚇だが、向こうを警戒《けいかい》させる何かがあるらしく、茂みから飛び出してくる気配はない。

……いや、茂みがガサリと音を立てると、アイスホッケーマスクのような面で顔を隠《かく》した、小柄《こがら》なカチワリ族が斧を片手に現れた。

ロゼの前に立ちはだかるカチワリ族は原始人のように毛皮を纏《まと》っており、露出《ろしゅつ》した腕《うで》や足には奇《き》っ怪《かい》な文様が刻まれていた。

一人で現れたそのカチワリ族は、焦《こ》げ茶色の長い髪《かみ》と体型からして少女のようだ。

「出ましたねカチワリさん！　どうして毎度毎度あたしの獲物を奪おうとするんですか！」

「多分お前の方が毎度毎度縄張《なわば》りを荒《あ》らしてるんだと思うよ」

というかロゼの口ぶりからすると、この小柄なカチワリ族とは顔見知りという事か。

「あたしが森に入って獲物を狩《か》ると、大体この子が出てくるんです。今のところ戦績は五分五分ぐらいの相手なんですが、あたし、今日は負ける気しません！」

「……なんかあのカチワリちゃんとはライバルみたいな関係に聞こえるんだが、なんでお前は俺の知らないところで妙《みよう》な人間関係を築いてるんだ」

相手の顔は見えないが、年の頃《ころ》はロゼと同じぐらいだと予想出来る。

……と、何を思ったのか手斧を地面に置いた少女は、ロゼに向けて挑発《ちようはつ》するようにくいくいと人差し指を動かした。

言葉は分からずとも意図は分かる、掛かってこいと煽《あお》っているのだ。

ロゼは背負っていたオークを下ろすと拳《こぶし》を握《にぎ》り身構える。

「よく分かりませんが、今日は隊長もいるんですから負けませんよ！」

「ええ……!?　二人掛かりって、お前本当にそれでいいのか……？」

「——!?　——ッ！」

ロゼの言っている事は分かるのか、少女が声にならない声で抗議《こうぎ》じみた言葉を発する。

と、同じく身構えた俺を見て少女がオロオロと身を震《ふる》わせた。

「決闘とかならともかくも、これはご飯を得るための生存競争！　二人掛かりで卑怯《ひきよう》だろうが、これこそが弱肉強食！　さあ、今日こそは決着を！」

「食い物が懸《か》かってる時だけはお前は倫理が破綻《はたん》するなあ。……でもしょうがないか、だって俺達悪の組織の人間だもんな」

俺が参戦する気なのを見て取った少女は両手で仮面をバシッと叩《たた》く。

それで覚悟《かくご》を決めたのか、一旦《いったん》は地面に置いた斧を手に取り、身構えて――

突如《とつじょ》自らの傍《そば》に振り下ろされたデストロイヤーの巨大《きょだい》な前脚《まえあし》に、少女は身を竦めた。

やがて頭上からデストロイヤーに乗り込んだアリスの声が辺りに轟く。

『お前ら何を遊んでやがんだ。……ほらっ、蛮族《ばんぞく》どもめ、とっとと散れ！』

「――ッ！　――――ッッ!!」

追い払《はら》うように振るわれた前脚に、少女は声にならない声を上げながら逃《に》げ去った――

――襲撃《しゅうげき》してきたカチワリ族はどうやらあの子一人だったらしい。

アリスに追い払われてからは斧が飛んでくる事もなく、ロゼが絶対全魔獣を持ち帰るとうるさかったので、死骸《しがい》はデストロイヤーに縛《しば》り付けてアジト街までどうにか運んだ。

そしてアジト街に帰った俺達の前に、デストロイヤーに引き揚げられた巨大メカ……ではなく、積載《せきさい》された大量の魔獣に向けて目を輝《かがや》かせる女が一人。

「金になる魔獣が大猟《たいりょう》ではないか！　アリス、コレの扱《あつか》いは任せてくれ！　コネとキサラギの武威《ぶい》、元騎士《きし》団長の権力を使って、商人達に高値を吹《ふ》っかけてやる！」

最近では勝手に代官を自称《じしょう》しているスノウが魔獣の値定めを始めていた。

「ダメですよスノウさん、魔獣は全部食べるんです！」

「バカを言うな、これだけの魔獣を食い切れるものか。内臓は薬の材料になるし毛皮や骨もいい値で売れる。それらがあればこの街の開発資金の足しに……こ、こらっ！　そんな事をしても無駄《むだ》だロゼ！　止めろ、噛《か》み付くな！」

獲物を取られまいとする野生動物みたいなロゼがスノウと争い合う中、デストロイヤーに引かれた巨大メカの残骸を一目見ようと人集《ひとだか》りが出来ていた。

水中で見た際には全貌《ぜんぼう》まで確認《かくにん》出来なかったが、地上で見ると改めて巨大さが分かる。

サイズはデストロイヤーを一回り小さくした大きさで、どこか見覚えのあるその姿は、あの巨大モグラ『砂の王』によく似ていた。

長い間湖に沈《しず》んでいたせいか、あちこちに藻《も》が張り付いていた。

砂の王に対抗するために作られたのだとすれば、どうして地中ではなく湖の底に沈んでいたのだろうか。

この星の謎は深まるばかりだ。

「よし、お前の名前はもげ朗さんだ。修復してピカピカに磨《みが》いてやるからな」

メカモグラの装甲《そうこう》をペタペタ触《さわ》り、アリスが上機嫌《じょうきげん》で名前を付けている。

世界は違《ちが》えど同じメカ仲間として通じ合うものがあるのだろう。

「どうせ拾った物だから好きに修理すればいいけど、暴走とかしないよう責任持って飼うんだぞ。……ていうか未知のメカなんて修理するのも大変だと思うけどなあ……」

なにせ星が違えば文化も違う。

この巨大な金属の塊《かたまり》をクレーン等を使って分解し、どこが壊《こわ》れているかの特定から始め、規格に合いそうな部品の削《けず》り出しに磨き上げ、そしてテスト運転に……と、考えるだけで気が遠くなるような道のりだ。

メカを前に子供みたいな反応をするアリスに向けて、俺はやれやれと肩《かた》を竦《すく》めると……。

「何言ってんだ、アジトで暇《ひま》を持て余してる六号も、もげ朗さんの修復を手伝うんだぞ」

「えっ」

2

この星において当面の敵がいなくなった俺達は、ようやく本格的な開発を開始した。

拠点《きょてん》の基盤《きばん》となるアジト街はまだ人が住んでいない地区も下水道がしっかり通され、頑《がん》丈《じょう》な基礎《きそ》を元に次々と用途《ようと》に合った建物が建てられていく。

移住してきた魔族達の住居は簡易的な物ながらも大体整ったようで、森を切り拓《ひら》いて作られた農業区画では数多くの労働者が働きに出始めていた。

とはいえ森の中の職場という事で、気を抜《ぬ》けば魔獣が顔を出す。

それらを戦闘《せんとう》員達が追い払いつつ、急ピッチで農業区を囲う外壁《がいへき》が建設されていく様は、まさに惑星開拓《わくせいかいたく》のあるべき姿だ。

もげ朗さんが発見された巨大湖へ続く道を作るため、今も重機が盛大《せいだい》に森林破壊《はかい》を進めており、環境《かんきょう》保護《ほご》団体がこの場にいたら首を絞《し》められそうな光景が繰《く》り広げられている。

俺はそんな光景を遠巻きに眺《なが》めながら、修復作業を続けるアリスに言った。

「この分だと工業区が完成するのに半年も掛からなそうだな。バイパーちゃんいわく、各地に散った魔族《まぞく》達も続々とアジト街にやって来てるってよ。安価な労働力に広大な敷地《しきち》、さらには豊富な資源もある。もう地球の事なんかどうでもいいから、ここに俺の王国を作れないかな」

「お前さんが王様になったら三日でクーデターが勃発《ぼっぱつ》するな。そして地球から送られてきた制裁部隊と激戦を繰り広げる未来が見えるぞ」

もげ朗さんの修理を始めてから一週間。

発見当初はガラクタにしか見えなかったその物体は見違えるようにピカピカになってい

た。

「大分綺麗《きれい》に仕上がったな。コイツはそろそろ動くようになったのか？」

「いいや、破損箇所《かしょ》は修理したはずなんだが動かねえ。この星にある魔導石とやらが動力っぽいんだが、かき集めた魔導石で試《ため》しても反応しないんだ」

アリスはそう言って、巨大なもげ朗さんの外装に、まるで赤子をあやすようにペタペタと触《ふ》れている。

「ははーん、きっと開発者の命令しか聞かないように出来てるんだろ。もしくは、コイツを操《あやつ》れるのはとある血族だけとかさ」

「それは漫画《まんが》やアニメの話だろ。そんなセキュリティ聞いた事ねえぞ」

と、俺とアリスがそんな事を言い合いながら、もげ朗さんの外装にワックスを掛《か》けて磨いていると、笑みを浮《う》かべたロゼが何かを掲《かか》げて駆《か》けてきた。

「アリスさん、さんすうドリルが埋《う》まりました！　あたし、最後までやり遂《と》げましたよ！」

正式にキサラギの戦闘員になったロゼは、戦闘に関してはともかく頭の方を鍛《きた》えるため、アリスに課題を出されている。

まずは小学生レベルの勉強を教えているのだが……。

「……半分近く間違ってるじゃねーか。もう一度基礎からやり直しだな」

「ま、待ってくださいアリスさん！　逆に考えれば、つまり半分近くは合ってるって事ですよね!?　なら、基礎を半分だけやり直せば足して満点になるって事ですよ！」

　ロゼが独自の確率論を展開し、必死になって抵抗《ていこう》する。

　俺は同じバカ枠《わく》としてロゼに助け船を出す事にした。

「アリス、まずは褒《ほ》めて伸《の》ばすとこから始めるべきだ。俺も褒められて伸びた子だから分かるんだ」

　俺が子供の頃なんて、釣《つ》ってきたザリガニを冷蔵庫に入れるのを止《や》めただけで母親が泣いて褒めてくれたものだ。

「そうやって甘やかした結果がコレか。……いいかロゼ、子供の間に勉強しないと将来こんな風になるんだぞ」

「勉強にはもう飽《あ》き飽きでしたけど、あたし、もうちょっとだけ頑張《がんば》ってみます」

「よし、掛かってこい。お前の頭と俺の頭、どっちが強いか確かめてやる」

　と、ヘッドバットを食《く》らわそうとする俺に、ロゼがジリジリと後退《あとずさ》っていた時だった。

　キサラギに食糧《しょくりょう》を卸《おろ》している魔族の商人が、アリスを見付け駆け寄ってきた。

「捜《さが》しましたよアリスさん！　グレイスで、なぜか大量の水精石が投げ売りされてます！　転売するなら今ですよ！」

魔族の商人からもたらされたお得情報にアリスが小さく首を傾《かし》げた。

「……水精石って、トリスの特産品の鉱石か。あそこを支配した連中が持ち込んだのか？　しかし、それを投げ売りするとはどういう事だ」

そう言って何やら考え込むアリスにロゼが無邪気《むじゃき》に笑い掛け。

「トリスを支配した人達がいい人だったとかじゃないですか？　たくさん余っている水精石を安く分けてくれているんですよ！」

……もちろんそんなお人好《ひとよ》し集団がいるわけない。

旨《うま》い話には裏があるのが世の常だ。

と、何かを思い付いたのか、アリスは小さく頷《うなず》くと……。

3

《悪行ポイントが加算されます》
「おうおうおう！　テメエ、誰《だれ》に断ってこんな所で店開いてやがる！」
「ひいっ⁉　ここの地主さんに一応届けは出してますが……！」
ポイント加算のアナウンスを聞きながら、俺は目の前の女に凄《すご》んでみせた。

グレイスの街にやって来た俺達は、空き地で露店《ろてん》を開いていた目的の水精石売りを発見したのだが……。

「届けがどうとか難しい事言ってても分からねえよ！　この石は一体どこで仕入れたんだ、ああん？　流通ルートを白状しろや！」

「そそ、それは言えません！　私の信用に関《かか》わりますし、大体流通ルートというものは商人にとっての命綱《いのちづな》で……！」

必死の抵抗を見せるその女は助けを求めて辺りを見回す。

だが俺が何者かを知っている街の住人は、皆《みな》見て見ぬ振《ふ》りをして通り過ぎていき……。

と、泣き顔の女に迫《せま》る俺の腕《うで》に、アリスがそっと手を置いた。

「まずはこのお姉さんの話を聞いてみよう。大丈夫《だいじょうぶ》ですか？　私の連れがすいません、普段《ふだん》は悪いヤツじゃないんですが……。昔、美人局《つつもたせ》詐欺《さぎ》に遭《あ》ったトラウマで、不当な商売をしている人を見ると凶暴《きょうぼう》になるんです」

アリスは沈痛《ちんつう》な面持《おもも》ちでそう言うと、俺が脅《おど》していた女に近寄り手を握《にぎ》る。

涙目《なみだめ》になっていたその女は、アリスの言葉に少しだけ警戒《けいかい》を解いたようだ。

「そそ、そうですか、それなら仕方がないですね……。で、でも私は真っ当な商売しかしてませんよ？」

誰が美人局詐欺に遭ったんだと文句を言ってやりたいとこだが、どうやらアリスは懐《かい》柔《じゅう》役を務めるようだ。

脅す役と懐柔役の二人セットでの交渉《こうしょう》は、キサラギ交渉術の基本である。

「真っ当な商売ですか。でも変ですね、水精石はトリス原産の稀少《きしょう》な鉱石です。ですが現在トリスとは断交中のはず。それでいて流通ルートは言えないとなると、密輸を疑われても仕方がないのでは……」

「ほらあ、やっぱ悪い商売してるじゃん！　断交中の敵国と裏でコッソリ取り引きだとか、わっりいヤツだなあ！　お前は手柄《てがら》を挙げるのが大好きな強欲騎士《ごうよくきし》に引き渡《わた》してやる」

「まま、待ってください、密輸なんてしていませんよ、信じてください！　あと、強欲騎士とはまさかスノウさんの事ですか⁉　あの人への密告だけは止めてください、お願いします！　あの人に弱みを見せたら尻《しり》の毛まで抜かれちゃう！」

俺の脅しより恐《おそ》れられるだなんて、あの不正女は裏で何をやってきたんだろう。

キサラギは悪の組織だが、アイツを引き入れたのは早まったかもしれない。

女はよほどスノウを恐れているのか、辺りを見回した後小さな声で囁《ささや》いてきた。

「実はここだけの話ですが、この水精石はある方から無料で頂いた物なんですよ。何でも、水に困ったこの国の民《たみ》を救うため、陰《かげ》ながら支援《しえん》がしたいと。それで、必要とする人達に安く分け与《あた》えてあげてほしいと言って、色んな商人に配っているんです……」

なんだそりゃ、どこかのボランティア団体の慈善《じぜん》事業か？

……と、それを聞いたアリスがポツリと言った。

「工作員が紛《まぎ》れ込んでいるな。面倒《めんどう》な事してくれやがって」

何の事だか分からないが、考えるのはコイツの仕事だ。

なら、後は俺に出来る事といえば……。

「無料で頂いた物なら没収《ぼっしゅう》しても構わないな。持ってる水精石を根こそぎ出しやがれ！　没収の理由はなんか胡散臭《うさんくさ》いからだ！　コイツは取り上げた後、国に預ける！　そこで、何らやましい事がないと証明して返してもらえ！」

「そ、そんな理不尽《りふじん》な、タダで貰《もら》ったとはいえコレはもう私の物よ！　お嬢《じょう》さんもこの人に何か言ってやって！」

悪行ポイントが加算される声を聞きながら、俺は女に再び迫る。

女は助けを求める視線をアリスに向けるが、

「この国では輸入品目を扱《あつか》う場合、仕入れ先と仕入れ値、そして販売《はんばい》価格を申請《しんせい》しなければならない決まりだが、その辺はどうやって誤魔化《ごまか》すつもりなんだ？」

「そんなの申請しなきゃいいだけよ。税金だって払《はら》わなくて済むし、一石二鳥ね」

アリスの言葉にドヤ顔で返した後、女はハッと我に返った。

「何が真っ当な商売しかしてないだ、お前ふざけんなよ脱税《だつぜい》女が！」

「今のは口が滑《すべ》っただけよお兄さん！　お願い、聞かなかった事にしてぇ！」

女が水精石を没収されまいと商品の上に覆《おお》い被《かぶ》さる中、俺は手をワキワキさせながらマニュアル通りのセリフを吐《は》いた。

「へっへっへ、大声を出しても助けは来ねえよ！　オラッ、抵抗するんじゃねえ！」

「ああっ、水精石の没収はただの名目で、本当は私の体が目当てなのね！　いいわ、エッチな事をするならしなさいよ！　そのかわり石は渡さないわよ！」

大声でとんでもない事を喚《わめ》く女に、俺は安心させようとニヤリと笑った。

「安心しな、俺達にだってプライドってもんがある。強姦《ごうかん》の類《たぐ》いは御法度《ごはっと》なんだ、寄越《よこ》すのは石だけでいい。あと、アンタは俺の好みじゃない。さあ、さっさと渡せ！」

「貴方《あなた》何気に失礼ね！　せっかく降って湧《わ》いたチャンスなのに渡してたまるもんですか！　私はコレを売り捌《さば》いてあぶく銭《ぜに》を手にしてやると決めたのよ！　色仕掛《いろじか》けが通じないならお金はどう!?　売り上げの一割を差し出すから脱税に手を貸して！」

「……おい六号、コイツが売ってる石の値段を見ろ。安く分け与えてあげてほしいと言われて貰ったクセに、かなりいい値を付けてるぞ」

コイツ、さっきからの脱税発言といい、結構いい性格してやがる。

「納税は義務だ、お前、叩《たた》けば他《ほか》にも埃《ほこり》が出るだろ！　このまま警察に突《つ》き出してやる！」

「あああああっ！　誰か助けてええええええええええ！」

と、その時だった。

「そこまでよ！」

脱税の他にも色々やらかしてそうな女の悲鳴に、酔狂《すいきょう》な誰かが応《こた》えてみせた。

どこか覚えのある展開に、俺とアリスがそちらを見れば——

「……お前まで一体何やってんだ」

「街で大荷物を抱《かか》えたお爺《じい》さんがいたので助けてあげたら、貴方は見どころがある、一緒《いっしょ》に正義を執行《しっこう》しないかと、このお姉さんに誘《さそ》われました！」

そこにいたのは変な女ことアデリーと、キラキラした表情を浮かべたロゼだった。

「また遭ったわねロクゴー、貴方のおかげで長い留置所生活を送らされたわ！　警察の人に毎日こってり叱《しか》られたし、この借りは返させて貰うわよ！」

「お前がお巡《まわ》りさんに叱られたのはお前が犯罪者だからだぞ」

「この借りは！　返させて！　貰うわよ！」

アデリーは俺のツッコミを聞き流し、言葉を区切って大声を上げる。

「……おい六号、あの変な女はなんだ」

「知っているけど知らない人だよ。アデリーって名前の不審《ふしん》者だ」

アデリーに珍妙《ちんみょう》な生き物を見る目を向けていたアリスは、それだけで、ああと手を打つ。

「以前報告にあった白い鎧《よろい》の不審者ってヤツか。……なるほどなあ」

これだけのやり取りで何を納得《なっとく》したのか分からないが、アリスはアデリーに向き直り。

「初めましてアデリーさん。私はこちらにいる六号の相棒、キサラギ＝アリスと申します」

「これはこれはご丁寧《ていねい》に。《救済の鈍色《にびいろ》》こと、アーデルハイト・クリューゲルと申します。私の事はアデリー、もしくは正義のお姉さんとでも呼んでください。……さて」

アデリーは俺を真っ直《す》ぐ指差すと、辺りに響《ひび》く声で。

「ロクゴー、とうとう尻尾《しっぽ》を出したわね！　正義の使徒である私を罠《わな》に嵌《は》め、何度も警察に突き出してくれたけど……こうして犯行現場を押さえた以上、今度こそ逃《のが》さないわよ！」

「お前が勝手に捕《つか》まっただけで罠に嵌めた覚えはないぞ」

「犯行現場を押さえた以上！　今度こそ！　逃《に》がさないわよ！」

再び俺のツッコミを聞き流しながら、アデリーは勝ち誇《ほこ》ったように笑《え》みを浮《う》かべ、

「貴方の罪状は、恐喝《きょうかつ》及《およ》び性的暴行未遂《みすい》といったところかしら。私がこの国の民のために預けた水精石を奪《うば》おうだなんて、紛れもない悪ね！」

「やっぱりお前さんが水精石の出処《でどころ》か。あそこでコソコソ逃げようとしている商人と、繋《つな》がりを認めるんだな？」

と、そんなアリスの言葉にキョトンとした顔で首を傾《かし》げた。

水精石を包んだ袋《ふくろ》を背負い、いつの間にか俺から離《はな》れていた商人は、アリスの指摘《してき》にビクッと震《ふる》え……。

「あっ、逃げたぞ！　ロゼ、アイツこそが悪人だ！　脱税女だ、追い掛けろ！」

「ええ!?　わ、分かりました！　行ってきます！」

脱走した商人を追うロゼを見送ると、俺はアデリーに近付き、水精石に付けられていた値札を渡した。

「俺の仕事を言ってなかったか？　俺達は街の治安を守るため、国から逮捕《たいほ》権を与えられ日々パトロールを行っている。あの女の罪状は、今のところ無申請での商《あきな》いと脱税だが、他にも余罪があるみたいだ。それについては取り調べ次第《しだい》だな。……で、あんたは現在、あの女の共犯者って事になる」

「違《ちが》うのよ同志ロクゴー、聞いてほしいのマイフレンド。私がスカウトしたロゼさんは貴方の仲間だったのね。彼女は凄《すご》くいい子ね、正義の心も持ち合わせていて素晴《すば》らしいわ。そして、そんないい子の仲間であるロクゴーを疑ってごめんなさい。やっぱり貴方は正義の人だったのね、私の目に狂《くる》いは無かったわ」

値札を確認《かくにん》したアデリーが目を泳がせながら言い訳を始める中、アリスが手際《てぎわ》良くメモを送りキサラギ製の手錠《てじょう》を取り寄せる。

「アデリーとか言ったな。お前さんが何者かはなんとなく察しは付くが、詳《くわ》しい事は警察署で話してくれ。それじゃあ行くぞ」

「待って、お願い話を聞いて！　……あっ!?　というか貴方からは、何だか悪の気配が感じられるわ。見た目はちびっ子だけど、一体何者!?」

と、アリスに手錠を掛けられまいと、アデリーが後退《あとずさ》りながら身構えた。

そんなアデリーに呆《あき》れたように、アリスがため息交じりに声を漏《も》らす。

「……悪の気配ってのは何だ、そんなもんが分かるわけねーだろ」

「いいえ分かるわ、正義の勘《かん》よ！　私の勘は大体二割ほどの的中率。それに引っ掛かった相手には、コレを使って看破するの！」

と、何かの確信を持っているのか、アデリーは水晶《すいしょう》を差し出した。

というか二割の的中率って、ほとんど当てずっぽうじゃ……。

「これはその人の魂《たましい》の色を測るカルマ測定水晶よ。さあ、自らが悪じゃないと言い張るのなら……！」

そう言ってアデリーが差し出した水晶を、アリスが説明が終わる前にわし摑《づか》む。

魂の色とやらを測る水晶は、当然の事ながら何の反応も見せなかった。

「……アリスが触《さわ》っても黒くならないけど、この場合はどうなるんだ？」

「……白くも黒くもならないなんて、中立って事なのかしら？　こんなの初めて見たんだけど……」

困惑《こんわく》するアデリーの手首にアリスの無慈悲《むじひ》な手錠が掛かる。

「くだらねえオモチャで遊んでないで、とっとと行くぞ」

「待って、ごめんなさい、お姉さんが悪かったわ！　貴方を疑ってすいませんでした、許してください！　ねえお願い、次に捕まると本当に長いの！　取り調べのお兄さんに『またキミか……』って呆れられるのも堪《こた》えるのよ！」

キャンキャンと吠《ほ》えるアデリーを警察署に連行しながら。

『なあ六号。自分はまだ会った事がないんだが、地球のヒーロー達はもっとマシな連中だよな？　キサラギを脅《おびや》かしている正義の味方は、全部こんなんじゃねえだろうな？』

日本語で尋《たず》ねてくるアリスの言葉に、俺は黙秘《もくひ》を貫《つらぬ》いた——

「——結局なんなんだろうなアイツは。やたらと正義正義うるさいし、相容《あいい》れないのは間違いないけど」

アジトの自室に帰った俺は、安いベッドに身を投げ出しながら呟《つぶや》いた。

アデリーを警察署に預けたものの、あの脱税商人はなんとロゼから逃げおおせたらしい。あれで相当な手練《てだ》れだったのかと思ったが、口の周りに串焼《くしや》きのタレを付けて帰ってきたロゼは、買収の疑い有りとの事で現在グリムの尋問《じんもん》を受けている。

と、何気ない俺の呟きに、勝手に部屋まで付いて来たアリスが、ソファーで愛用のショットガンを磨《みが》きながら言ってきた。

「アイツはトリス王家を滅《ほろ》ぼした謎《なぞ》の勢力の工作員だよ。水精石を安値で流したり街の治安を守ったりと、謎な行動が多いが間違いない」

……!?

「マジかよ、それじゃあのポンコツに横からトリスを奪われたのか!? 俺達はアレに出し抜《ぬ》かれたのかよ!?」

「いや、さすがにアレはただの下《した》っ端《ぱ》だと思うんだが……」

　アリスはそう言いながらも、コイツにしては珍《めずら》しく自信無さそうに見える。

「……しかし、アイツが工作員？　トリスを滅ぼしたって聞いた時は強敵が現れたと思ったけど、相手はよほどの人手不足なのか？　潜入《せんにゅう》先で三度も逮捕されるスパイだなんてあり得ないだろ」

「それについては何も言えんな。自分の目の前には、この星に来た時にスパイ任務にアッサリ失敗し、ピンチを招いたヤツがいるからな」

　俺は過去を振《ふ》り返らない男だから、アリスの言う事には覚えが無い。

「何にせよ、アイツの素性《すじょう》は取り調べの結果待ちだな。既《すで》に二回捕まっていたそうだが、警察にはスパイの可能性があるとチクっておいた。当分の間は関《かか》わる事もないだろうさ」

「戦闘員《せんとう》の勘だけど、アイツとは長い付き合いになりそうな気がするんだよなあ……」

4

　アデリーが三度目の留置所生活を始めてから二週間が経《た》った。

　アジト街の居住区には大量の組み立て式集合住宅が建ち並び、商業区では様々な食材が扱《あつか》われ物資不足も解消されてきた。

アジト街からそう遠くない場所にある巨大《きょだい》湖周辺も、カチワリ族を刺激《しげき》しないように気を付けながら現在道路を建設中だ。

グレイス王国の周辺には、魔族《まぞく》の国やトリス以外にも国がある。

それらの国々とは主にアリスが商人を通じて国交を深め始めており……。

つまり今のところは全《すべ》てにおいて、とても順調に進んでいた——


「そこで大勢のヒーローに囲まれた怪人《かいじん》パンダ男さんは言ったんだ。『攻撃《こうげき》したければ好きにするアル。俺は自らの信念のため、無理矢理《むりやり》にでも通らせてもらうパン』と。ヒーロー達はパンダ男さんに気圧《けお》されてか、結局誰《だれ》も攻撃出来なかったのさ……」

「スゲー！　パンダ男さんスゲー！」

「カッコイイです！　あたしもパンダ男さんに会ってハグして欲しいです！」

すっかり溜《た》まり場と化しているバイパーの執務《しつむ》室。

そこには、怪人パンダ男の武勇伝に目を輝《かがや》かせるキメラ達がいた。

「そ、それで、パンダ男さんは無事に動物園で子供達をハグしてあげられたのかい？」

「ああ、パンダ男さんの肉球まで触らせてもらった子供達は大喜びさ。その様子を怪人トラ男さんが陰《かげ》から羨《うらや》ましそうに眺《なが》めてたっけ……」

「あたしもパンダ男さんの肉球触りたいです！　何なら肉球齧《かじ》らせて欲しいです！」

二匹《ひき》のキメラが色めき立つ中、仕事に勤《いそ》しんでいたバイパーが小首を傾げ。

「あのう……。ヒーローの方がパンダ男さんを攻撃出来なかったのは、その『てれびかめら』という物で撮《と》られていたからなのではないかと思うのですが……。先ほど言っていたワシントン条約、でしたか？　それがあるおかげで、かめらの前でパンダ男さんをいじめると、色んな方に怒《おこ》られるとか……」

そんなバイパーの指摘を受けて、すっかりパンダ男のファンと化していたキメラ達が騒《さわ》ぎ立てる。

「バイパーってば何て事言うんだよ。すっかり悪の組織の考えに染まっちゃって……」

「そうですよバイパーさん、パンダ男さんはそんな計算高くありません！」

「そ、そうですか、すいません！　確かに、まだパンダ男さんに会った事もないのに想像だけで決め付けるのは良くないですね、ごめんなさい！」

申し訳なさそうな顔で謝るバイパーに、キメラ達が満足そうに頷《うなず》いた。

「ほら、見なよバイパー、この写真を。こんなにカッコイイパンダ男さんがそんな悪辣《あくらつ》なわけがないだろ？」

「何言ってるんですかラッセルさん、パンダ男さんは可愛《かわい》いんですよ。見てください、思わず齧り付きたくなる丸い尻尾《しっぽ》を。あたし、パンダ男さんに会ったら耳か尻尾を……」

思い返せば怪人パンダ男とコアラ男は、ヒーローと対峙《たいじ》する時は必ずテレビ局の人間を呼んでいたな。

戦いが終わるとテレビ局の人間に封筒《ふうとう》を渡《わた》していたが、アレは一体何だったんだろう。

というか……。

「おいラッセル、こんな所で遊んでていいのかよ？　秘密結社キサラギのメイドさんでお母さん的なお前だけど、本業は水の生成だろ？」

相変わらずどこからどう見ても女の子なこのキメラは、皆《みんな》に懐《なつ》かれるのは満更《まんざら》でもないらしく、今ではメイド姿を嫌《いや》がる事もなくなった。

「グレイスの街で水精石が安売りされた事で仕事が減ったのさ。あのお姉さんは余計な事をしてくれたよ。本来ボク達キメラは人の役に立つべく作られた存在だから、仕事をする事は嫌《きら》いじゃないのに……」

マジかよ、元魔王軍幹部のクセにやけに素直《すなお》に言う事を聞くなとは思っていたが、キメラにはそんな習性が……。

俺は思わず、バイパーの隣《となり》でスナック菓子《がし》を貪《むさぼ》っているもう一匹に目を向けた。

「……何ですか、隊長？　あたしに何か言いたい事でも？」

「お前ってラッセルと同じカテゴリーの生き物なんだよな？　キメラってのはオスとメスで性格に違いが出るのか？」

……と、スナック菓子を放《ほう》り出し襲《おそ》い掛《か》かってきたロゼを迎《むか》え討《う》っていると、突然《とつぜん》サイレンが鳴り響《ひび》いた。

「魔獣《まじゅう》か蛮族《ばんぞく》の襲撃《しゅうげき》警報か？　でも、それにしては何だか慌《あわ》ててるみたいだな」

警報にはいくつかの種類があり、音の間隔《かんかく》が短いほど緊急《きんきゅう》性が高いとされている。

「隊長、とうとうあたしの出番です！　別に、普段《ふだん》意味も無く食っちゃ寝《ね》してるわけじゃありません、こういう時に備えて力を温存してるんです！　今こそ戦闘キメラの力を見せてあげます！」

俺と組み合っていたロゼは言うが早いか執務室の窓を開けて飛び降りる。

一応ここは二階なのだが戦闘キメラには関係ないらしい。

そんなロゼを見送っていたラッセルが、やれやれとため息交じりに立ち上がった。

「同族とは思えないほど無鉄砲《むてっぽう》だなあ。でもまあ、ボク達戦闘キメラの力を見せ付けるってのは悪くないね。何だか最近舐《な》められてるみたいだし、ボクが元魔王軍幹部だって事を皆に思い出させてあげるよ……！」

ラッセルはそう言って、未《いま》だ黙々と仕事中のバイパーに意味深に笑い掛ける。

「……？　ああ、くれぐれも気を付けてくださいね、ラッセル。短いスカートを穿《は》いてるんですから激しく動き回っちゃダメですよ？」

「心配してくれなんて言ってないよ！　元魔王のバイパーも、実力を見せ付けようって意味で見たんだよ！」

5

アジト街からそれほど遠くない大森林。

魔族達が遠巻きに見守る視線の先では、尻尾をピンと立てて威嚇《いかく》するロゼと、無数のカチワリ族が対峙していた。

「ヤベえ集団が来てんじゃん！　戦闘員は!?　俺の同僚《どうりよう》はなんで一人も来てないの!?」

戦力的に考えて相手の数が多すぎる。

イザとなれば重火器による機《き》銃《じゆう》掃射《そうしや》で何とかなるが、裸《はだか》も同然の蛮族相手にそんな事をすれば凄惨《せいさん》な殺戮《さつりく》現場が出来上がるだろう。

遠くから見守っているアジト街の住人の中には魔族の子供も多くいる。

ここで機銃掃射で一掃するのは情操教育上もよろしくない。

俺の焦《あせ》りを危惧《きぐ》しながらも、バイパーがそれに答えた。

「戦闘員の皆さんは巨大湖へ続く道を開拓《かいたく》中です。アリスさんは街へ商談に。スノウさんも、食材や物資を安く買い叩《たた》いてくると言って、同じく街へ……」

そして、どうせグリムは寝てるんだろ、知ってるよこんちくしょう！

「——ッ！　——ッ!!」

ロゼと対峙してるのは、代表と覚しき大柄《おおがら》な仮面の男に、いつか現れたカチワリ族の女の子だった。

女の子の方は何か伝えたい事でもあるのか、声にならない声でロゼに何かを訴《うった》えている。

「よく分かりませんが、今日も喧嘩《けんか》を売りに来たんですね？　いいでしょう。あたしは秘密結社キサラギ戦闘キメラ、ロゼ！　その挑戦《ちょうせん》を受けて立ちます！」

「——！　————ッ！」

首をブンブンと横に振るカチワリちゃんだが、ロゼはそれに構う事無く息を吸い、

「我が業火《ごうか》の海に沈《しず》むがいい……！　永遠に眠《ねむ》れ！　クリムゾン」

俺に頭を叩かれて、口の端《はし》から炎《ほのお》を噴《ふ》き出し転げ回った。

どうやら火炎《かえん》放射を直前で邪魔《じゃま》され、口内がえらい事になっているようだ。

「ッッ、なんて事ふるんでふかたいひょう！　あたしが戦闘キメラじゃなかったら、口の

中を火傷《やけど》しているとこですよ！」

「そもそもキメラじゃないと火炎放射なんて出来ないと思うが、ちょっと待て。向こうさんは争う気はないみたいだぞ？」

そう、眼前に佇《たたず》むカチワリ族は武器を手にはしているものの、誰一人として襲ってくる気配がない。

巨大《きょだい》湖周辺の開発に対し、抗議《こうぎ》しに来たのかと思えばそうでもなさそうだ。

やがて見かねたバイパーが、彼らの前に歩み出た。

それに合わせてカチワリ男が、何かをボソボソと呟《つぶや》いて……、

「ええと、『この子の成人の儀式《ぎしき》を邪魔する、白い鎧《よろい》の女性は貴方《あなた》達の仲間でしょうか？　そうであれば、なぜ儀式の妨害《ぼうがい》をするのかを尋《たず》ねて欲しい』との事ですが……」

白い鎧ってまたアイツか。

俺達とは無関係の女なので、そちらさんでお好きにどうぞと伝えてもらう。

「『そういう事であれば当方で対処いたします、大勢で押し掛けてしまい、申し訳ありませんでした』」

本当にカチワリ族は紳士《しんし》的だな。

どっちかというと、未だに威嚇行動を解かないウチのキメラの方が蛮族っぽい。

「よく分かりませんが、話し合いで解決しちゃったんですか？　あたしが森に入ると、いつもあの子と獲物《えもの》の奪《うば》い合いになるので、ここで仕留めてしまいたかったんですが……」

「なーんだ、つまんないの。蛮族相手ならオモチャにして遊べると思ったのに……」

やっぱ言動からしてもコイツらの方が蛮族だ。

と、話はそれで終わりかと思ったのだが……。

「――。――ッ」

それまで黙っていたカチワリちゃんが何かを訴えかけている。

それを受けたカチワリ男は、バイパーに何かを囁《ささや》いた。

「……えっと、ロゼさんに『部族としての話はこれで終わりです。次は……。そちらにいるキメラの子にお尋ねしたいのですが、貴方はどうして、この子の成人の儀式を邪魔するのですか？』との事ですが……」

バイパーの通訳に、皆の視線がロゼに集まる。

カチワリちゃんはまだ精霊《せいれい》語とやらが話せないのか、バイパーも通訳出来ないようだ。

「成人の儀式って何ですか？　というか、美味《おい》しそうなスポポッチを見付けて狩《か》ろうとすると、大体その子が現れて邪魔するんですが、なぜそんな事をするのか聞いてください！」

「――！　――！」

首をブンブンと横に振るカチワリちゃんに合わせ、男が再び囁いた。

「『単独でスポポッチを狩る事で一人前とされる儀式を成人の儀と呼んでいます。私達は森でスポポッチの卵を孵化《ふか》させ養殖《ようしょく》しているのですが、その子はちょこちょこ縄張《なわば》りにやって来ては食べ頃《ごろ》を持って行くので……』」

「どう聞いてもお前が悪いじゃねーか！　養殖場から獲物を持って行くなよ！」

「も、森は皆の物なんですから、勝手に縄張りとか決められても！　大体養殖物と天然物の違《ちが》いなんて分かりませんよ、名前でも書いといてくださいよ！」

ロゼの逆ギレに対しカチワリちゃんが、首をふるふると横に振《ふ》り、

「──。──……」

「『今のこの星の気温では、スポポッチの卵は人の手で孵化させないと孵《かえ》る事のない生き物なので、森に天然物はいませんよ？』」

「アイツらに頭を下げに行くぞ。お詫《わ》びの品は悪行ポイントで取り寄せてやる」

「まま、待ってください、だってあたし、スポポッチの生態なんて知りませんよ！」

状況《じょうきょう》が不利な事を察し、逃《に》げようとしていたロゼを捕《つか》まえ、キサラギに菓子折りを頼《たの》んでいると──

「『いえ、私共の養殖事業をご理解いただければそれで充分《じゅうぶん》です。私達も以前、魔獣の追

い込み猟《りょう》を行っていた際、こちらの街に迷惑《めいわく》を掛けてしまいましたので……』」

　アジト建設の妨害かと思っていたが、アレって追い込み猟だったのか。

　とはいえ、こっちは一度だけでなくロゼが何度も獲物を横取りしているらしいし……。

「これ、つまらない物ですが。お詫びも兼《か》ねて、ご近所への引っ越《こ》しの挨拶《あいさつ》って事で」

「『ややっ、これはご丁寧《ていねい》に！　ですが、ご挨拶のお返しをするにも私にはこの手斧《ておの》しかありません。どうかこれで……』六号さん、カチワリ族にとって手斧は命の次に大切な物だと聞いた事があるのですが、どうしましょうか……？」

　と、菓子折りの代わりに手斧を差し出された俺は、そんな大事な物受け取れるわけがないとバイパーに伝えてもらうも、返礼はしなければと頑《かたく》ななカチワリ男。

　俺はふと思い付き、キサラギからトマホークを送ってもらった。

　どんな物が好みか分からないので、武器の名門フローニング社とスミス＆ジョンソン社からそれぞれ一つずつ取り寄せる。

「あんたの斧は受け取るよ。コイツは個人的にプレゼントな。どっちか好きな方を選んで持っていっていいよ。あとその子も、ウチのキメラ達と年も近そうだし、良かったら仲良くしてやってくれ」

　そう言って二振りの斧を差し出すと、目の前の二人が仮面の下で息を呑《の》む。

「『これは何という機能美！　総金属製なのに滑《なめ》らかな手触《てざわ》りで更に重心のバランスも取れていて……。ああっ！　でもこっちはこっちで、投げるのに最適な作りに……！』」

「……やっぱ両方持ってっていいよ」

斧を前にしたままうんうんと悩《なや》むカチワリ男に両方とも押し付ける。

両手に斧を持って動かなくなった男は、しばらく悩んで片方をカチワリちゃんに。

こちらに頭を下げた後、俺にお礼を言うように促《うなが》している事から、この男はカチワリちゃんの父親だろうか。

魅入られたように斧を眺め、やがて大事そうに胸に抱《かか》えたカチワリちゃんは、こちらを見上げ。

「アリガト、ゴザイマス……」

とても小さな声だったが、それは俺に理解出来る言葉で――

「――斧を二つも貰《もら》ったなら、お菓子《かし》まで受け取るのは貰いすぎですよね。コレはあたしが食べますね」

「ラアアアアアアアアアアアアアア――ッッッッ！」

「バカッ、お前の尻拭《しりぬぐ》いしてるんだぞ！　コラッ、二人とも喧嘩するな！」

6

ロゼとカチワリちゃんの追いかけっこを経て、少しだけご近所さんとの交流が深まった。

ここ数日、周辺国の商人を集め、グレイスの街で商談を進めていたアリスに向けて、俺は自室で報告していたのだが……。

「連中が斧をそんなに好むなら、トマホークを餌《えさ》に傭兵《ようへい》として依頼《いらい》出来そうだな。地球の方も戦闘員の手が足りないみたいだし、いざという時の選択肢《せんたくし》になりそうだ」

ベッドにゴロンと転がりながら、アリスがそんな事を提案してくる。

「悪い連中じゃなさそうだしなあ。あれからカチワリちゃんもたまに遊びに来るみたいだし、キメラっ子達の教育にも良さそうだ」

あの子に名前を聞いたのだが、あの部族は全員で一つという考えらしく名前の概念《がいねん》が無いそうだ。

ロゼはあの子をカチワリさんと呼び、その他《ほか》の皆《みんな》からはカチワリちゃんで通っていた。

ロゼと遊んでいる時はごく稀《まれ》に片言で言葉を喋《しゃべ》るが、まだまだ意思の疎通《そつう》は難しそうだ。

「で、問題は白い鎧のアイツか」

「だな。いつの間にか解放されたみたいだ」

いつの間にかカチワリ族とも揉《も》めていたアデリーだが、そろそろケリを付けるべきか。

「警察が厳しい取り調べをしたが、結局口を割らなかったそうだ。だが、トリスを支配した勢力の関係者なのは間違いねえ。スパイである証拠《しょうこ》を手に入れ吊《つる》してやろう」

「またコイツは物騒《ぶっそう》な事言い出したな。大概《たいがい》の国でスパイは死刑《しけい》らしいが、そこまではやらないぞ。俺は美女には優《やさ》しいんだ」

しかし、あの女を見ていてもなぜだかちっともムラムラしないのだ。

最初は単に好みのタイプじゃないと思っていたが、もしかすると……。

と、俺がアデリーの正体について考察していると、突然《とつぜん》ドアが開けられた。

慌《あわ》てた様子で現れたのはアジト街に出入りしている魔族の商人だ。

「アリスさん、大変です！　グレイスの街で、スノウさんが……！」

既《すで》に日常と化していたトラブルの臭《にお》いに、俺とアリスは立ち上がった――


「――とうとう尻尾《しっぽ》を摑《つか》んだわよ、悪代官スノウ！　この街において様々な犯罪を調べてきたけれど、貴方が全《すべ》ての元凶《げんきょう》ね！」

「ななな、何を証拠にそんな事を！　貴様、初対面の人間に向かって無礼だろう！」

グレイスの街に着いた俺達が商人に案内されて街の広場にやって来ると、そこでは先ほど話題に上ったアデリーが、大勢の野次馬《やじうま》の前でスノウに指を突《つ》き付け糾弾《きゅうだん》していた。

俺はその辺の野次馬に近付くと、

「おい、この騒《さわ》ぎは一体何事だ？」

「ん？　あ、ああ、治安維持《いじ》の黒い人か。あの女の人が、領主代行を名乗って好き勝手していたスノウさんを告発してるんだよ。スノウさんには現在、談合による不正入札や収《しゅう》賄罪《わいざい》の疑惑《ぎわく》があるらしく……」

あの女の性格上、それは疑惑じゃなくて実際にやらかしていると断言出来る。

「おいアリス、今の状況はどう見ても不利だ。ここはスノウを見捨てて撤退《てったい》するぞ」

「がってんだ」

状況を把握《はあく》した俺とアリスが帰ろうとするも、助けを求め辺りを見回していたスノウに見付かった。

「六号、アリス、助けてくれ！　この無礼な女が私を犯罪者呼ばわりしてくるのだ！」

「既に証拠は挙がっているのよ！　さあ、覚悟《かくご》を決めて観念なさい！」

助けてくれも何もアイツが黒なのは誰《だれ》より俺達が分かっている。

俺とアリスは助けを求めるスノウから、サッと目を逸《そ》らし身を隠《かく》す。

「お、おのれ六号覚えていろよ、私を見捨てた結果逮捕《たいほ》されたら、貴様も道連れにしてやるからな……！　アデリーとやら、しょ、証拠があるというのなら見せてみろ！　もしかして、証拠というのは貴様が掲《かか》げているその書類か!?　確かに私のサインのようだがそんな物は幾《いく》らでも偽造《ぎぞう》出来る！」

「なっ!?　偽造じゃないわ、コレは間違いなく本物の……！」

　開き直ったスノウが、アデリーの突き出した証拠に難癖《なんくせ》を付け始める。

「たとえば白紙の紙を差し出し『あなたのファンです、サインください！』とせがみ、後から白紙の部分に契約《けいやく》書の文書を書くとか！　たとえば時間が経《た》つと消えるカモフラージユオクトパスの墨《すみ》で、当たり障《さわ》りのない契約文を書いてサインをもらい、後に契約文を書き換《か》えるとか！　他にもまだ幾らでも手はあるぞ！」

『なあアリス、アイツ絶対今言った手を使った事あるだろ』

『もうこのまま助けず、放《ほう》って帰った方が良さそうなんだがなあ……』

　日本語でヒソヒソと交《か》わす俺達の前では、スノウの難癖に焦《あせ》ったアデリーが懐《ふところ》から何かを取り出した。

　それは——

「そこまで言うならこのカルマ測定水晶《すいしょう》で……」

「スノウさんが逃げたぞ！　追え！」

「やっぱり不正やってやがった、捕まえろ！」

アデリーが取り出した水晶を見た瞬間《しゅんかん》、スノウが即座《そくざ》に駆《か》け出した。

悪代官が向かうのは、ここから遠く離《はな》れたアジト街ではなく王城の方角だ。

大勢の民衆が相手ではアジト街まで逃げ切れないと、前職のコネを頼《たよ》る事にしたようだ。

こういった時に咄嗟《とっさ》の行動に移せるのは、バレた時を想定して備えていたのだろう。

「ま、待ちなさい！　民《たみ》の血税で私腹を肥やす悪代官スノウ、この《救済の鈍色《にびいろ》》アデリーが絶対に逃がさないわよ！　……ちょ、ちょっと、無言で逃げるのは止《や》めなさいよ、一言ぐらい捨てゼリフとか……！」

「…………」

言葉を発する事で少しでも呼吸が乱れるのを避《さ》けたのか、スノウは無言で逃走《とうそう》する。

あそこまで徹底《てってい》して開き直れるのはある意味で才能だろう。

「なあアリス、アイツって俺よりキサラギに向いてると思う」

「本格的に社員になったら出世するだろうな。だが、アイツに転送装置は持たせたくねえんだよなあ……。金のためなら売っちゃいけない物でも平気で横流しするだろうし……」

アリスはそんな事を零《こぼ》しながら、小型の無線を取り出すと。

「一応保険を掛《か》けておくか……」

そう言って、アジトと連絡を取るアリスと共に、ガチ逃げするスノウを追い掛けた――

7

俺達が城に着くと、堅《かた》く閉《と》ざされた城門前でアデリーと門番達が対峙《たいじ》していた。

「悪代官を引き渡《わた》しなさい！　正義の名の下《もと》に、あの悪党を制裁するわ！」

「あんたはいきなり現れて何言ってるんだ、ここがどこだか分かっているのか！　それに、スノウさんは一時的にキサラギへ出向中とはいえ、この国の騎士《きし》でもある。どこの誰《だれ》とも知らない相手に、簡単に引き渡せるはずがないだろう！」

スノウはあれで意外と人望があったのか、門番達はアデリーを前に譲《ゆず》らない。

……本当はもうアイツに関《かか》わりたくないのだが、アレでスノウはキサラギの仮の代官だ、このままいけば俺達も他人事《ひとごと》じゃない。

「ようアデリー、今日も相変わらず正義正義言ってんのか」

警棒らしき武器を構えたアデリーの背に、俺は気さくに声を掛けた。

「あ、貴方《あなた》はロクゴー！　……ねえ、今日は大きな悪を追っているのよ。貴方が現れると大抵《たいてい》ロクでもない目に遭《あ》うから、帰ってくれない？」

大抵ロクでもない目に遭うのはお前のせいだぞ。

と、俺はこちらを振《ふ》り向き嫌《いや》そうな顔をするアデリーに。

「お前が正義を愛する真面目《まじめ》な人間なのは理解した。でも、スノウが悪人で悪代官だとしても、赤の他人のお前さんには関係ないだろ」

その言葉にアデリーは、不敵に笑うと何かを取り出し見せ付けた。

「ロクゴー、コレを見てもまだそんな事が言えるかしら？　そう、この私は絶対正義の名の下に世界を守る、法制機関ヒイラギの使徒！　《救済の鈍色《にびいろ》》アーデルハイト・クリューゲルよ！　地上人達よ、控《ひか》えなさい！」

アデリーがこちらにかざしたのは白金色に煌《きら》めくカード。

ドヤ顔で目の前に突《つ》き付けられたそのカードは、相手が子供だと思って油断していたのか、アリスにあっさり奪《うば》われた。

「!?!!!?!?　ちょ、ちょっと何すんの、返しなさい！　お嬢《じょう》さん、それはお姉さんにとって大事な物なの。いい子だから返してくれない？」

諭《さと》すような猫撫《ねこな》で声のアデリーを無視し、アリスが陽《ひ》の光にカードをかざす。

「総プラチナ製のカードじゃねえか、儲《もう》けたな」

「プラチナって確かお高いよな？　それって、売ったら今夜の飲み代になる？」

「お願い返して、ソレを取られると私一般人と変わらない！　……私は法制機関ヒイラギの使徒なのに、何も思わないの？　もうちょっと恐《おそ》れなさいよ！」

　涙目《なみだめ》になってカードを取り返そうとするアデリーは、

「そもそも、そのなんちゃら機関とやらが初耳なんだけど」

「あれえー!?」

　と、そんな俺の感想に対し、素《す》っ頓狂《とんきょう》な声を上げて固まった。

「……ど、どうして？　だって伝承にあったでしょう？　人類が魔王《まおう》に脅《おびや》かされ滅《ほろ》びが目前に迫《せま》った時、神の祝福を受けた勇者がこの国を救うだろう。やがて勇者は、天から遣《つか》わされた法制機関ヒイラギの使徒に導かれ、世界に安寧《あんねい》をもたらすだろう、と……」

「いや、俺は外国人だからそんなの知らんし。大体、この国に伝わる伝承とやらに、法制機関とかヒイラギとか、そんな名前が出てるのか？」

　伝承というのは、グレイス王国に伝わっていた魔王と勇者のお話だろう。

　俺とアリスがここにやって来た当初、チラッとそんな話を聞いた気がする。

　それを聞いたアデリーは不安そうな面持《おもも》ちで振り返り。

「そ、それは……。出てるわよね？　そこの貴方はこの国の人間でしょう？　子供の頃《ころ》におとぎ話として習ったわよね？　法制機関ヒイラギの使徒様が、この世を平和に導いてくれる、って！」

　未《いま》だ警戒《けいかい》を解かない門番達に、期待を込めて尋《たず》ねてみせた。

「いや、勇者様が現れて魔王を倒してくださるってのは知ってますけど、魔王を倒した後は、特に何もなくめでたしめでたしですよ」

「ヒイラギ？　ヒイラギ……ヒイラギ……」

「そうだよなあ、使徒がどうとか聞いた事もないよなあ……」

「これだから未開な地上人は！　伝承ぐらい正確に伝えなさいよ！　……いいえ、今のは失言だったわ、ごめんなさい！　くっ、落ち着きなさいアデリー、伝承が正しく伝えられていないとはいえ、諦《あきら》めるのはまだ早いわ……！」

　そう言って頭をガリガリと掻《か》きむしっていたアデリーは、ハッと何かに気付いたようだ。

「そうだ、占《うらな》い師！　この国に、代々占いを行っている優秀《ゆうしゅう》な占い師がいるはずよ！　その者に今すぐこの国の未来を占わせなさい。そうすれば、真実が見えるでしょう！」

　それを聞いた門番達は首を傾《かし》げて顔を見合わせ、

「占い師って、確か占いが大外れしたあの人か？　勇者様が魔王を倒すって言ってたのに、全然違《ちが》う結果になった……」

「ああ、あの人か……。確か、占いが外れたからスノウさんに追い出されたんだよな。この役立たずが！　って。今頃は他の国にいるんじゃないか？」

「はあああああああああああああああ!?」

ああ、確かにスノウがそんなような事を言ってたような。

「お、追い出したですって!?　……落ち着くのよアデリー、まだ怒《おこ》る時間じゃないわ！　あの愚《おろ》かな女のやらかしで、この国を悪と断じるにはまだ早い……！」

何事かを呟《つぶや》きながらアデリーが胸を押さえて動悸《どうき》を静める。

と、その時兵士の一人が何かを思い出したように手を打った。

「ああ、ヒイラギってどこかで聞いた事あるなと思ったら、アレだ」

「思い出した？　そう、アレよアレ！」

期待を込めたアデリーに、思い出せてスッキリした顔の兵士が言った。

「森に、怪《あや》しい光で攻撃《こうげき》するヒイラギ族ってのがいただろ？　このお姉さんはあの蛮族《ばんぞく》だ」

「「ああ！」」

「無礼者、誰が蛮族よ！　あの地上人達は我が眷属《けんぞく》。人々がその身に過ぎた力を手にした時、それを妨《さまた》げるための調停者！　それを蛮族呼ばわりするのは正しく悪よ！」

いきり立つアデリーは、このままでは埒《らち》があかないとばかりに城門を睨《にら》み付ける。

――そして両腕《りょううで》を顔の前でクロスさせると、深く、ゆっくりと息を吐《は》き出した。

それに伴《ともな》いアデリーの体の周囲には、青白い静電気のような光がパチパチと帯電を始め、やがて光は足下に――！

『おいアリス、アイツちょっとおかしいぞ！　俺、アレに近い現象を見た事ある！　アレってヒーロー連中がよく使う、必殺技《ひっさつわざ》の前兆だ！』

『アジトに援軍を要請しておいたんだが、間に合わねえか。六号、ここはお前さんが根《こん》性《じょう》見せろ！　アイツは多分ヒーロー級の敵だと思え！』

俺が上擦《うわず》った日本語で呼び掛けると、アリスが緊迫《きんぱく》した声で宣言した。

『アイツが城に攻撃したら、その瞬間《しゅんかん》背後から――！』

「必殺……！　鈍色の……」

と、アリスとアデリーが言い掛けたその時だった。

この緊迫した状況《じょうきょう》の中、城の門がゆっくりと開かれて……。

「キサラギに預けたはずなのに、スノウが勝手に城中の兵士を集めていたのでとりあえず拘束《こうそく》してみたものの……。この騒《さわ》ぎは一体何事ですか？」

体を簀巻《すま》きのように縛《しば》られたスノウを兵士に運ばせながら、この国の実質的な支配者である王女ティリスが現れた。

城に逃げ込んだスノウは、どうやら騎士の権力で反撃に移るつもりだったようだ。

攻撃を止めたアデリーが、スノウとティリスに交互《こうご》に目をやり問い掛ける。

「貴方は確か、この国の王女、ティリス様ですね？　私は、法制機関ヒイラギの使徒、《救済の鈍色》アデリー。この国で悪事を働いていたそこの簀巻きを貰《もら》い受けたいのです」

「ティリス様ー！　あの女の言葉に耳を貸してはいけません！　アイツはこの国に害をなす工作員です！　これは私とティリス様の仲を引き裂《さ》く離間《りかん》工作！　あの女はスパイとして吊《つる》すべきです！」

往生際《おうじょうぎわ》の悪いその言葉に、だがなぜかアデリーは顔を強《こわ》ばらせる。

「信じてくださいティリス様、私の勘《かん》は当たります！　伊達《だて》に過酷《かこく》なスラムで生き抜《ぬ》いてきたわけではありません！　昔、あそこでアホ面《づら》下げてぼけっと見ている六号が、スパイであると見抜いたのも私です。きっとこの女は、綺麗事《きれいごと》を並べ立ててこの国に取り入り、良からぬ事を目論《もくろ》んでいるのです！　そう、あの男のように！」

『おいアリス、あいつそろそろ黙《だま》らせないか』

『お前さんがスパイだった事はもうティリスも知っているんだ、あのアホは後で説教してやればいい。それよりも、呼んでおいた援軍が間に合ったみたいだな』

と、成り行きを見守っていたアリスはピッと後ろを指さすと。

「この変な女が工作員だというのはティリスもとっくに把握《はあく》済みだ。今までの行動は軽犯罪程度で済んだが、今回は王城襲撃《しゅうげき》の現行犯だ。お前さんがどこの工作員かも大体予想は付いてるが、洗いざらい吐いてもらおうか」

アリスが指した方に視線をやれば、そこにはアジト街から駆《か》け付けてきたのだろう、ハイネにラッセルを含《ふく》めたキサラギの戦闘《せんとう》員達が迫っていた。

「……なるほど、ね。悪代官を取り締《し》まりもせずにいたのは、私に行動を起こさせるためだったのね。敵ながら見事と言う他《ほか》ないわ」

そんな罠《わな》を仕掛けたつもりは無かったが、空気を読んで頷《うなず》く俺に、アデリーは悔《くや》しげな表情でビシと指差し。

「でもね、私は悪に屈《くっ》するわけにはいかないの！　子供達の憧《あこが》れのお姉さんである私が、悪に捕《と》らえられエロい目に遭わされるぐらいなら、ここで散るのもまた正義……！　一人でも多くの悪を道連れにした後は、この邪悪《じゃあく》な城ごと自爆《じばく》してみせる！」

完全に据《す》わった目付きで、ヒーローとは思えない宣告をしてきた。

兵士に下ろされた悪徳簀巻きがモゾモゾしながら距離《きょり》を取る中、駆け付けてきた戦闘員達がアデリーを取り囲む。

それに対抗《たいこう》するように、アデリーが深く息を吸い……、

「必殺……」

「何か誤解があるようですね。貴方《あなた》がトリスを滅ぼした組織の課報《ちょうほう》員である事は、既《すで》に報告を受けて知り得ています。それでも、貴方を何度も釈放《しゃくほう》したのには訳があるのです」

そんなティリスの言葉に、キョトンとした顔で動きを止めた。

「……わ、私が課報員だと、いつから知って……？」

驚《おどろ》きの表情を浮《う》かべるアデリーに、

「最初からですよ。貴方が六号さんに捕らえられ、その後取り調べを行った際、あまりにも怪し過ぎたので城の者に尾行《びこう》させていたのです」

「私の完璧《かんぺき》な課報活動がいきなり見破られたですって⁉　……くっ、未開な地上人だと侮《あなど》っていたのが敗因だったのね……！」

「正義の使者を名乗ってるクセにアイツ結構毒吐くな。未開な地上人だとか、この国の人間をナチュラルにバカにしてるぞ」

「未開な星の現地人相手に無双《むそう》してやると言っていた、リリス様やお前さんと一緒《いっしょ》だな」

コソコソとツッコミを入れる俺達にアデリーが嫌そうな表情を浮かべる中、ティリスは

小さく笑い掛《か》け。

「元々私達は、トリスと戦うつもりはありませんでした。水精石《すいせきせき》を巡《めぐ》り、些細《ささい》な行き違いから戦争へと発展してしまったのです」

　それを受けたアデリーの目が驚きに見開かれ、やがて真剣《しんけん》な声音《こわね》で問い掛けた。

「……つまり、貴方達はトリスを取り込んだ私達と」

「あの姫《ひめ》さんも大概《たいがい》だな。国のトップの頭にちんこ乗せた事を些細って言ってのけたぞ」

「お前、一応女の子型アンドロイドなんだから、安易にちんことか言っちゃダメだぞ」

「ちんこちんこうるさいわよ、外野はちょっと黙ってなさい！　……つまり、貴方達はトリスを取り込んだ私達と争うつもりはない、と？」

　誰《だれ》よりもちんこを連呼したアデリーは、真意を読み取ろうとするかのように目を細め、ティリスの返事を……、

「城を襲《おそ》うとはとうとう一線を越《こ》えやがったな正義女め！　ラッセル、援護は任せたよ！」

「ああ、その代わり前衛は任せたよハイネ！　犯罪者のお姉さんを懲《こ》らしめてあげるよ！」

　城の前に駆け付けてきた元魔王軍幹部達が臨戦態勢で声を上げる。

「最近噂《うわさ》の変な女ってのはアイツか！」

「確かに一目で分かる変な女だ！　留置所を寝床《ねどこ》にしている変わり者って話だぞ！」

「住人に迷惑掛けたと思ったら、今度は城を襲撃するとはなんて女だ！」

続けてやって来た戦闘員達に続けざまに罵声《ばせい》を放たれ、ティリスと対峙《たいじ》していたアデリーはみるみるうちに涙目《なみだめ》になった。

武器を構える同僚《どうりょう》を見て、ティリスがそれから庇《かば》うように、

「皆《みな》さん、待ってください。アデリー様とは話し合いの最中です。どうか武器を収めてください」

そう言って、アデリーと同僚達の間に割って入る。

「……こ、こんな事をして、一体どういうつもりなの？」

困惑《こんわく》しながらも少しだけ警戒を解くアデリーに、ティリスが小さく笑い掛け。

「私が望むのは、この国の民《たみ》が健《すこ》やかに暮らしてくれる事です。争いは何も生みませんし、愚かな事だとは思いませんか？」

「あ、あなた……」

アリスと渡《わた》り合えるほどの腹黒さを持つティリスだが、民を想《おも》う気持ちは本物だ。

正しく、そして寛大《かんだい》な為政《いせい》者の姿に、アデリーが構えていた拳《こぶし》を下ろし、目を閉じた。

「……どうやら私が間違っていたみたいですね。悪であると信じていた魔族《まぞく》は、誰《だれ》よりも清らかな魂《たましい》を私に見せ付けてくれた。そして腹黒王女と呼ばれていた貴方は、実際に見

てみれば誰よりも高潔な姿を見せ付けてくれた。フフッ、これじゃあ私が悪人みたい……」

「……チッ、何だか丸く収まったみたいだね。アタシ達魔族を散々悪党呼ばわりしてくれたんだ、その借りを返してやりたかったんだけど……」

「まあ、ボク達が元魔王軍幹部だってのも本当の事だしね。お姉さんも反省してるみたいだし、今回は水に流してあげようよ」

ハイネとラッセルのツッコミに、アデリーが申し訳なさそうな顔で目を伏せて。

「こんな事態になってしまいましたが……。改めてトリス改め、法制機関ヒイラギの使徒、アデリー。もしこれまでの無礼をお赦《ゆる》しいただけるのでしたら、正式な外交官として対話を申し込みたいと思いますが、いかがでしょうか？」

そんなアデリーの申し入れに、ティリスが笑顔《えがお》で頷いてみせた——


「さすがはティリス様、このスパイ女をお赦しになるとは懐《ふところ》が深い！　おい、アデリーとか言ったな、貴様は私を悪代官だのと罵《ののし》った事を謝ってもらおうか！　あと、私を簀巻きにしてくれた兵士は前に出ろ、今から目に物見せてやる！」

形勢が逆転した事を見て取ったのか、ティリスの足下《あしもと》ににじり寄ってきた簀巻きが尊大な態度を見せた。

その言葉にアデリーは、はたと思い出したかのように簀巻きへ屈《かが》む。

「そういえば貴方の裁きがまだでしたね。ですが、この国におけるさまざまな施政《しせい》は全《すべ》てちゃんとした理由があるものでした。なら、貴方のこれまでの行動にもきっと意味があるのでしょう。貴方が本当の悪人であれば処刑《しょけい》も辞さない覚悟でしたが……」

そう言って苦笑《くしょう》を浮かべるアデリーに、スノウがヒュッと息を吐《は》き固まった。

「……貴方の行いには意味があったのでしょう？」

「ああ、もちろんだ。私はスノウ。この国において、元近衛騎士《このえきし》団隊長まで務めた者。ただの悪党がそんな地位にまで上り詰《つ》められる訳がないだろう」

スノウはキリッとした表情で真っ直《す》ぐにアデリーを見詰めキッパリ告げた。

そんなスノウのほっぺたに、懐から取り出した水晶《すいしょう》玉をくっ付ける。

「「…………」」

潔《いさぎよ》いぐらいに黒く染まった水晶玉に、スノウとアデリーが無言のまま見つめ合う。

固まっていたアデリーは、成り行きを見守っていた俺達に近付くと——

「はい黒ー！　こっちも黒ー！　清々《すがすが》しいぐらいにみんな黒ー！　ふざけるんじゃないわ

よ、どいつもこいつも黒ばっか！　私の目は間違《まちが》ってなかったじゃない！」

　だって俺達、悪の秘密結社に元魔王軍の構成員だし。

「待ってください、確かに水晶玉は黒く濁《にご》ってしまいました！　ですが彼らも根は悪い人ではありません！」

　ティリスが必死に庇ってくれるが、アリスを除いたこの場のキサラギ関係者全員に黒判定が出た事で、その場の兵士達の視線も微妙《びみょう》な感じだ。

「根が悪い人じゃないと、この水晶は黒くならないのよ！　だって魂の色を見てるんだから！　……揃《そろ》いも揃って黒ばかりという事は、さては貴方達は犯罪組織の集団ね？　それなら……！」

「それなら、何ですか!?　戦争ですか!?　相手が悪人だからという理由で戦争を起こすというのであれば、貴方達の方がよほど悪でしょう！」

　このままではマズいと思ったのか、ティリスが逆ギレ気味に反論する。

「貴方はオーク農場を邪悪だなんだと糾弾《きゅうだん》していましたね！　確かに何も知らない人から見れば、アレは悪行に見えるのでしょう。しかし！　野生のオークは過酷なこの世界において、一人では生きていけません！　彼らは自ら望んでやって来るのです。農業でもやりながら、穏《おだ》やかに暮らしたい、と……」

「そ、それは……」

アデリーが気圧《けお》され口ごもると、それを勝機と見て取ったのかティリスは更《さら》に追撃する。

「それは、何ですか!?　オークは天寿《てんじゅ》を全《まっと》う出来て幸せ！　私達は彼らを守る代わりに労働力とお肉が得られて幸せ！　誰も困っていないのになぜ貴方は邪魔をするのですか!?」

「ご、ごめんなさ……」

言い負かされ思わず謝るアデリーに、ティリスは堂々と宣言した。

「私はグレイス王国第一王女、クリストセレス＝ティリス＝グレイス！　我が国の治政に文句があるなら、いくらでも聞きましょう！」

「あ、あううううう…………」

涙目になったアデリーは、完全にティリスに呑《の》まれていた。

それを見て取ったティリスは、更なる追い討《う》ちを掛けるでもなく。

「……と、貴方をいじめるのはここまでにしておきましょう。この方々が信頼《しんらい》出来ないと言うのであれば、この国の代表である私を信じてみませんか？　この国の民の表情はどうでした？　貴方の目には、悪政に苦しんでいるように見えましたか？」

「そ、それは……」

アデリーにも、この国の治政が悪いものではないと分かっていたのだろう。

正直に言わせてもらえば、俺もオーク農場にはドン引きしたし、知的生命体を食べる食文化にも未《いま》だに慣れない。

だが、この国の人々は過酷《かかく》なこの世界においても、その大半が笑顔で幸せそうに暮らしている。

「私が信頼出来ないのであれば、水晶をこの手に載《の》せなさい。でも、もし私を信用してくれるのなら……。……まずは、お互《たが》いを知る事から始めませんか？」

ティリスは優《やさ》しく微笑《ほほえ》みながら、握手《あくしゅ》を求めるように右手を差し出し――

アデリーは申し訳なさそうな表情を浮かべながら、例の水晶玉をその手に置いた。

【中間報告】


アジト周辺の開発計画は着実に進み、巨大《きょだい》湖周辺のインフラ工事も七割方完了。

現地蛮族《ばんぞく》であるカチワリ族との接触《せっしょく》に成功し、口約束ではあるが相互不可侵《そうごふかしん》を約束。

アジトにはたまにカチワリちゃんが遊びに来るようになりました。

無口で何も喋《しゃべ》らない子ですが、お菓子《かし》を与えた時のリアクションが面白《おもしろ》いです。

以上の事から、我々キサラギについては特に問題もなく順調に侵略中。

しかし協力態勢にあるグレイス王国の王女が、トリスを侵略した新興勢力、法制機関ヒイラギを名乗る変な女から邪悪認定《じゃあくにんてい》を受けた模様。

秘密結社キサラギグレイス支部としましては、正義の使者を名乗る法制機関ヒイラギに対し、警戒《けいかい》を強めていきます。

――追伸《ついしん》。この星で見付けた不思議アイテムの中に、幹部の皆《みんな》にぜひ触《ふ》れて欲しい物がありました。

現在ティリスが一番真っ黒ですが、リリス様ならもっと黒く輝《かがや》けると信じております。

報告者　あんまり黒くなかった戦闘《せんとう》員六号より

四章 VS虎の王！

1

アデリーとの騒《さわ》ぎがあった、その翌日。

昨日の事で城に呼ばれた俺とアリスは、ティリスの部屋で今後の相談を受けていた。

「昨日のアデリー様の様子では、もしかすると上層部に良からぬ事を吹《ふ》き込み、我が国に攻《せ》め込んでくる可能性があります。そこでキサラギには、その時に備えて援軍《えんぐん》を要請《ようせい》したいと思います」

アデリーがティリスに渡《わた》した水晶《すいしょう》は見事真っ黒に輝《かがや》いた。

というか、元魔王《まおう》軍幹部や悪の組織の構成員が触《さわ》った時より黒かった。

仮にもお姫様《ひめさま》だというのに、誰《だれ》よりも黒く輝く水晶を手にして呆然《ぼうぜん》と固まっていたティリスの姿は哀愁《あいしゅう》を誘《さそ》った。

「……まあ、戦闘《せんとう》員は戦ってなんぼだし、援軍は構わないんだけどさ」

「……何ですか？　言いたい事があるのなら、遠慮《えんりょ》なく言ってください」

俺はメイドさんが淹《い》れてくれたお茶を啜《すす》ると、ティリスに尋《たず》ねた。

「ティリスって魔王だったの？」

「さすがに無礼ですよ六号様！　あの方の言う事を真に受けないでください！」

黒く輝く水晶を見たアデリーは一体何を思ったのか、『そうか、本当の魔王はここにいたのね……勇者による魔王退治の伝説はこれから始まる……！』とおかしな事を口走った。

その後ティリスを真の魔王に認定《にんてい》すると、俺達の包囲を掻《か》い潜《くぐ》り、グレイス王国から脱《だっ》出《しゅっ》したのだが……。

「ただでさえ城の者達の一部から、『姫様の治政は間違《まちが》ってはおりません！　たとえティリス様が魔王だったとしても、私達は付いていきますから！』と妙《みょう》な励《はげ》ましを受けているのに、止《や》めてください……！」

ティリスはそう言って珍《めずら》しくへこんだ様子を見せているが、どうやら陰《かげ》で腹黒王女と呼ばれているのを地味に気にしていたらしい。

しょぼくれるティリスを気にしながらもアリスが言った。

「アイツらの目的はまだハッキリしてないが、魔王の伝承を大事にしているのは分かった。むしろ、あの伝承がハズレると困るみたいな事を言っていたな」

「ハッキリ言って迷惑《めいわく》です！　魔王案件はもう終わった事なのに！」

まあ俺達としても、魔王のバイパーちゃんを引き込んで魔族を労働力として受け入れた以上、アデリーに余計な事をされても困る。

なので援軍として雇《やと》われるのはいいのだが、一つだけ問題があった。

「……アイツ、強かったなあ……」

「うっ……」

俺が零《こぼ》した呟《つぶや》きに、ティリスが小さく声を漏《も》らした。

そう、あそこには俺を始め戦える者ばかり揃《そろ》っていたのだ。

にもかかわらず、アデリーは真正面から渡り合った末に逃走《とうそう》を果たした。

「確かに文明も未開なこの星で、あの戦闘技術の高さは異常だな。魔王軍幹部はおろか、地球のヒーロー並みの戦闘力だった」

「だよなあ。それにハイネやラッセルの魔法攻撃《こうげき》も大して効いてなかったし、アイツ、俺達戦闘員と組み合った時、力負けもせずに押し返してきたぞ。この星の住人はもっと弱っちいはずなのに……」

「あの、お二人とも結構失礼な事をおっしゃってますよ」

この星の住人であるティリスが嫌《いや》そうな顔で抗議《こうぎ》するが、戦闘服を着用した改造人間と生身で渡り合えるのは絶対おかしい。

バイパーも砂の王を蹴《け》り飛ばすぐらいに強かったが、アレは時間操作の魔法を活用した魔王にしか使えない戦闘技術らしい。

攻撃に移る際に自らの時間を加速させ、インパクトの瞬間《しゅんかん》に接触《せっしょく》部位の時間を止める。

こうする事で、時間が止まっているため破壊《はかい》不可能となった物体が高速で激突《げきとつ》するという現象を起こし、高い威力《いりょく》を引き出しているそうだ。

つまりバイパーは魔法ありきの戦い方なわけだが、俺達と戦ったアデリーは魔法を使っている様子が見えなかった上、地球での格闘技に負けず劣《おと》らずな技《わざ》を使った。

「戦闘員を派遣《はけん》するのは構わねえが、今回は相手が相手だ。報酬《ほうしゅう》はそれなりに弾《はず》んでもらわねえとな。そもそも今回の件は、そっちの国の悪代官が勝手にアジト街の施政《しせい》を取り仕切って汚職《おしょく》した挙げ句、姫さんの腹黒さがトドメを刺《さ》したようなもんだからな」

「いいえ、スノウは現在そちらに預けている以上、監督《かんとく》責任はキサラギにあります。それに王族が黒いのは仕方がないとして、キサラギの方々も揃いも揃って黒過ぎでしょう？　あの方は、キサラギの皆《みな》さんの事も敵視していましたし、そちらも他人事《ひとごと》ではないはずです。なので報酬は……」

と、アリスとティリスがスノウの擦《なす》り付け合いを含《ふく》む交渉《こうしょう》を始めた、その時だった。

廊下《ろうか》を走る音が聞こえたかと思えば、やがて激しくドアがノックされる。

「ティリス様、大変です！　何者かの手によって、街中にこんな物が！」

まさに今話題に上っていたスノウが返事も待たずにドアを開け、優雅《ゆうが》にティーカップを持ち上げたティリスに眉《まゆ》を顰《ひそ》めさせた。

「どうしたのですかスノウ、そんなに慌《あわ》てて。……それは何ですか？」

ティリスにたしなめられたスノウは、息を切らしながら一枚の紙を突《つ》き出している。

「おっ。グレイス王国とキサラギの両方に擦り付け合いされてる悪代官さん、チーッス」

「ろ、六号貴様、無礼な事を言うな！　私の擦り付け合いというのは大袈裟《おおげさ》だろう。確かにちょっぴりやり過ぎたかもしれないが、あのぐらい貴族であれば皆がやっている事だ。むしろ実績を伴《ともな》っている分、私の方が優秀《ゆうしゅう》まであるはずで……。そ、そうですよねティリス様？　それとアリス、私はキサラギでも上手《うま》くやっている方だろう？」

ちっとも反省の色が見えないスノウだが、それよりも手にしている紙が気にかかる。

この国の文字が読めない俺に向け、アリスがそれを読み上げた。

「法制機関ヒイラギ、捕縛《ほばく》指定賞金首『魔王ティリス』。賞金額は金貨五万枚だとよ」

ティリスが啜っていたティーカップの中身を盛大《せいだい》に吹き出す中、スノウは突き出していた紙で何でもないかのように飛沫《しぶき》を防ぐと。

「おそらくは先日のスパイ女による工作です！　ティリス様に高額な賞金を懸《か》け、部下による反逆を狙《ねら》っているのでしょう！　ですがこのスノウ、金に汚《きたな》い自覚もありますが、ティリス様に対する忠誠心だけは本物です！　誰も信用出来そうにない今こそ、私を再び騎《き》士《し》団隊長に！　信じてくださいティリス様、私は金や魔剣《まけん》だけでなく、権力も大好きです！　こういった時はむしろ、綺麗《きれい》事を言う輩《やから》より私のような女の方が信用出来ます！」

　説得力があるのか無いのか分からない理屈《りくつ》を捲《まく》し立てているが、ここまでくるとある意味いっそ清々《すがすが》しいのかもしれない。

　表情を引き攣《つ》らせながら手配書を凝視《ぎようし》していたティリスは、必死に訴《うった》えるスノウに小さく苦笑《くしよう》を浮《う》かべると。

「私は、スノウを含めこの城の者は、皆反逆などしないと信じています。……ですが、最近は貴族達の間で私の施政に不満が出始めているのも事実です。あまり目くじら立てて取り締《し》まるのもどうかと思いますが、このままにしておくのも問題ですね……」

「おのれ、これだから身の保身だけが大事な貴族共は！　完璧《かんぺき》なティリス様の施政の、一体どこに不満があると!?」

「貴族連中が問題視してるのは、お前さんの最近のやらかしが多い事だぞ」

スノウがアリスのツッコミに目を逸《そ》らす中、俺はマジマジと手配書を見ながら、

『なあアリス。金貨五万枚って地球のお金換算《かんさん》でどのぐらい？』

『この辺りで流通している金貨は一枚三十グラム程度だから、大雑把《おおざっぱ》な計算で百億円だな』

それを聞き静かになった俺を見て、ティリスがさりげなくスノウの背後に隠《かく》れながら、

「その言語で会話した後、悩《なや》み込まれると凄《すご》く不安になるのですが……」

と、警戒《けいかい》した様子を見せた、その時だった。

グレイス王国の街中に、危険を知らせる鐘《かね》の音が鳴り響《ひび》いた。

2

グレイス王国の軍勢を率いたスノウが、表情を引き攣らせながらも宣言する。

「既《すで》に聞いているかもしれないが、これから相手にするのは大した知恵《ちえ》もない巨大魔獣《きょだいまじゅう》だ！　我々《われわれ》人類の武器は知恵である！　真正面から戦う必要はない！　離《はな》れた場所から大型の遠距離《えんきょり》武器で撃退してやれば被害《ひがい》など出ないはずだ！」

ここ最近のやらかしに続き、今回不正が明らかになった事ですっかり周囲の信用を失っ

たスノウは、汚名返上とばかりに虚勢《きょせい》を張った。

　この悪徳騎士に魔獣討伐《とうばつ》の指揮を任せるのはどうかと思ったのだが、この女は意外な事に、軍勢の指揮能力に関しては高い評価を受けているらしい。

　ティリスいわく、元スラムの平民上がりな事もあり、末端《まったん》の兵士の心を細かく読み取りやる気にさせるのが上手いのだとか。

　権力闘争を勝ち上がる過程で貴族や騎士にコネを広げ、そういったプライドの高い連中の扱《あつか》いにも長《た》けており、性根《しょうね》の腐《くさ》れっぷりに目を瞑《つぶ》れば案外まともな指揮官と言える。

「なあアリス、アイツ声がちょっと震《ふる》えてるけど大丈夫《だいじょうぶ》か？　久しぶりの戦いだからビビってんのかな？」

「武者震いって事にしといてやれ。今回の任務で手柄《てがら》を挙げれば近衛《このえ》騎士団の隊長に戻《もど》れるんだ。本人にとって一世一代の勝負どころだよ」

　――ティリスとの相談の最中に聞こえてきた緊急《きんきゅう》の鐘は、この国の国境に向けて巨大魔獣が迫《せま》ってきているというものだった。

　まさかアデリーがこんなに早く仕《し》掛《か》けてくるとは思わなかったが、その場にいたスノウには、この巨大魔獣の撃退、もしくは捕縛が命じられた。

それに成功したならキサラギへの移籍《いせき》は取り下げ、今のフワフワした立ち位置から再びティリスの専属騎士に戻してもらえる。

そして逆に、今回の任務でも何か失態を犯《おか》したなら……。

「正式にウチの社員になるって、キサラギはダメ人間の預かり所じゃないんだぞ」

「そうは言っても、今回も良いとこ無しならクビになるんだ。ポンコツなところも多いが、アレでそこそこ戦える力もあるし、引き取ってやってもいいさ。それに不正も立派な悪行だ、ウチでは文句言われる事じゃねえさ」

なんとなく呟いた俺の言葉にアリスが答えた。

……まあスノウのヤツは、性格はアレだが見た目は良いし腕《うで》も立つ。

それに、不正が問題視されているとはいえ、ウチは悪の組織キサラギだ。

そう考えればちょっとぐらいの不正であれば……。

「……いや、ちょっと流されそうになったけど、あの女の不正の多さに関してはリリス様を超《こ》えてるだろ。長年悪の組織で働いてきたけど、さすがの俺もドン引きだよ」

ちょっとぐらいの不正じゃなかったわ。

後から出てきたスノウの悪事はシャレにならない数だった。

「未開な地での賄賂《わいろ》は当たり前ではあるんだが、アイツは手加減ってもんを知らねえからな。普通《ふつう》は金額が大きくなればビビってブレーキが掛かるもんだが、アイツの欲望は底が知れねえ。没収《ぼっしゅう》した財産の額が、グレイス王国で屋敷《やしき》を買えるレベルだったぞ」

　俺が出会った頃《ころ》の綺麗なスノウは本当にどこへ消えたのだろう。

　不当に得た財産を没収する際に、アリスに泣いて縋《すが》り付く姿を晒《さら》した時は、アレが同一人物であるとは思えなかった。

「それでいて、賄賂を受け取り中抜《なかぬ》きまでしながらもちゃんと治めているのが厄介《やっかい》だ。業者や住人、労働者からはなぜか名代官扱いを受けてたんだぞ。手抜きでも材料費をケチってるわけでもねえのに、どうやってあんな破格で工事を請《う》け負わせてるんだ……」

……アイツは金が絡《から》むと信じられない力を発揮するなあ。

　一応キサラギにも利益を出していたし、このまま任せておいても良かったのだろうか？

とはいえ、会社の金を勝手に運用して懐《ふところ》にしまい込めば、たとえ利益を出しても犯罪だ。キサラギにおいて、社内での横領はあまり推奨《すいしょう》されないタイプの悪事だ。

「これより先はグレイス王国の国境沿いだ！　皆、油断する事なく気を引き締めて……！」

　ユニコーンに跨《また》がったスノウが軍の先頭を行きながら、続く兵士に発破を掛ける。

このままでは借金騎士から犯罪騎士にジョブチェンジだ、そりゃあ必死にもなるだろう。

城攻《しろぜ》めに使うはずの投石機やバリスタが兵士達によって引かれる中、俺はスノウが率いる軍の後を少し離れて歩いていた。

キサラギからの増援《ぞうえん》は、俺とアリスに元魔王軍の面々だ。

この場にいないグリムとロゼだが、実は今朝、目を覚ますとグリムが雑に死んでいた。

死亡現場に藁人形《わらにんぎょう》と五寸釘《ごすんくぎ》が転がっていた事から新しいタイプの自殺と断定。

どこのどいつが日本式の呪《のろ》いを教えたのかは知らないが、一体誰《だれ》を呪おうとしたのかはグリムが復活してから問う事になった。

ロゼがグリムの遺体を洞窟《どうくつ》に運び復活の儀式《ぎしき》を執《と》り行う一方で、同僚《どうりょう》である戦闘《せんとう》員達も今回はアジトで留守番だ。

この巨大魔獣出現の報は陽動である可能性が高い。

なにせ偵察《ていさつ》部隊の報告には巨大魔獣がトリスを守っていたというものがあった。

なら、敵には魔獣を操《あやつ》る術があると思っていい。

既にアリスは、今回の巨大魔獣はヒイラギとかいう連中の生物兵器だと断定している。

俺は前を行く軍勢を眺《なが》めながら、隣《となり》を歩く元魔王軍幹部達に話し掛けた。

「そういえばふと思ったんだけど、普通魔獣を操って戦わせるのは魔王軍の仕事じゃないのか？　よく考えたら、俺、お前らの魔王軍幹部らしい姿を見た事ないぞ」

「「!?」」

やる気無さそうに歩いていた元幹部達はその言葉にギョッとする。

「お、お前、今なんつった？　アタシ達が何だって？」

「今のは聞き捨てならないね。ボクは大分幹部感出してたはずだよ？　ほら、昔六号と戦った際には遺跡《いせき》で見付けた巨大兵器を操って、キミを瀕死《ひんし》に追い込んだだろ」

ハイネとラッセルが心外だとばかりに言ってくるが。

「ハイネは俺と会う度《たび》にエロい目に遭《あ》わされてただけだし、ラッセルに至っては完全に噛《か》ませ役の雑魚《ざこ》だったじゃん。あの、土の何とか言うヤツの方が一番幹部らしかったな」

俺の正直な感想に、ハイネとラッセルが足を止めた。

「……前々から思ってたけど、アンタはアタシ達を舐《な》めすぎじゃないか？」

「うん、最近馴《な》れ合い過ぎてボク達が誰だか忘れちゃったみたいだね。あのね六号、今こっちは二人いるって事を分かってる？」

半裸《はんら》の奴隷《どれい》ちゃんとメイドキメラがそう言って凄みを利《き》かしてくるのだが。

「バイパーちゃんバイパーちゃん、この二人が上司の俺に口答えしてくるんだけど、叱《しか》ってくれない？　俺は、魔獣を操るのは魔族の仕事だって言っただけなのに」

「え、えっと……。二人とも、六号さんは仮にも上司ですから、ちょっとした事で反抗《はんこう》してはダメですよ？」

「ず、ズルいぞ六号、バイパー様は関係ないだろ！」

「そ、そうだよ、喧嘩《けんか》売っといて言い付けるとか子供じゃないか！　正々堂々と戦えよ！」

……ラッセルの前に立った俺は勢いよくスカートを跳《は》ね上げた。

「ちょっ！　ひ、人前でいきなり何を……」

ラッセルが慌《あわ》ててスカートの裾《すそ》を押さえた隙《すき》に、俺はすかさず背後に回り込む。

そのままチョークスリーパーの体勢に入った俺は、

「おい六号、ラッセルが泡吹《あわふ》いてる！　分かったよ、アンタの方が強いって認めるから、その手を離せよ！　離せって！」

「ろ、六号さん、どうかそれぐらいで！　メイド少女を絞《し》め落とす姿は絵面《えづら》的に……！」

メイドキメラを絞め落として上下関係を知らしめると、満足気に汗《あせ》を拭《ぬぐ》った。

「あ、アンタは相変わらず、まだ子供のラッセルにも容赦《ようしゃ》ないな……。しかも、こんな可愛《かわい》らしい格好なのに……」

「むしろこの格好で違和感《いわかん》なく行動してるラッセルに気を付けてやれよ。コイツとうとう、スカート捲られて女の子みたいな反応しだしたぞ」

と、元部下を放《ほう》っておけないのか、バイパーが気絶したラッセルを背負っていたその時だった。

スノウが率いる軍勢の一部がざわめきと共に浮《う》き足立つ。

何事かとそちらを見れば、

「巨大魔獣が出たぞー！」

偵察に出ていた兵士が、大声を張り上げていた──

──スノウの声が辺りに響く。

「総員戦闘態勢！　グレイス王国の意地を見せるのだ！」

血走った目のスノウの声に、だが兵士達の動きは鈍《にぶ》い。

相手は家族を脅《おびや》かす侵略《しんりゃく》者ではなく巨大魔獣。

そう、このまま放っておいてもグレイス王国に害を為《な》すとは限らないのだ。

どことなくやる気の無い兵士達に、スノウが声を張り上げた。

「お前達の気持ちは分かる、私とて同じ状況《じょうきょう》であればやる気など起こらないだろう！　魔族との戦争も終結し、無理に戦わなくてもいいのではないかと、そう思う気持ちはよく分かる！　だが、戦争が終結したという意味をよく考えてみてほしい！」

切羽詰《せっぱつ》まったスノウの声に兵士達が首を傾《かし》げた。

「このままでは軍は縮小され、もちろん予算も削減《さくげん》される。そうなればここに居るお前達のうち、一体どれだけの者が解雇《かいこ》される事になるのやら……」

それを受けた兵士達はみるみるうちに顔色を悪くする中、スノウがバッと片手を挙げた。

「だが、私はここに宣言しよう！　あの巨大魔獣《きよだいまじゆう》を討伐出来れば、お前達の必要性を国の上層部に説いてやれると！　たとえ討伐出来なくても、勇敢《ゆうかん》に戦った者はリストラ候補から外れるように尽力《じんりよく》してやる！」

兵士達の目に光が灯《とも》る。

「軍で働いてきたお前達が今さら他《ほか》の仕事に就《つ》けるのか？　もちろん、器用な者ならそれも可能ではあるのだろう……。だが、兵士を辞《や》めるという事のデメリットを考えろ！　街を歩いている時も、酒場で飲んでいる時も、兵士であれば人々が道を空け、酒場の主人は他の客よりサービスをしてくれたはずだ！　戦時中の兵士がチヤホヤされるのは絶対の法則であり、戦争が終わって間もない今も、その扱いは変わっていないはずだ！」

スノウが兵士の扱いに長けているというのは本当だったようだ。

言ってる事は最低なのだが、やる気の無かった兵士達が拳《こぶし》を振《ふ》り上げ喚声《かんせい》を上げる。

「我《われ》らの必要性を民《たみ》に示せ！　さあ、魔獣を倒《たお》してチヤホヤされるぞ！　大きな傷を負わ

せた者には報奨《ほうしょう》金だ！　魔獣を倒して国に帰れば金と名誉《めいよ》が待っている！」

名誉より金の方が先にくる辺りがスノウだが、兵士達の表情を見るに効果は絶大だったようだ。

「行くぞおおおおおおおおお！」

単騎《たんき》で突撃《とつげき》を敢行するスノウに続き、兵士達が大声を上げながら駆《か》け出した――！

3

「撤退《てったい》！　撤退ー！」

負け犬騎士が五分も経《た》たずに逃《に》げ帰ってきた。

即《そく》オチ四コマ漫画《まんが》みたいな展開に、俺は呆《あき》れながら呟《つぶや》いた。

「……なあアリス、信じられるか？　アイツ一応ウチの戦闘員見習いなんだぜ？」

「まるで歯が立たないと見たら、犠牲《ぎせい》を出さないウチにすんなり引くのも大事な事だよ。

……戦闘員としては、まあ、お話にもならねえが……」

巨大魔獣に蹴散《けち》らされ、ちりぢりになって敗走する王国兵。

それらをどうにかまとめながら、スノウがこちらに向かって駆けてきた。

「おい六号、何をしている！　お前達も魔獣討伐《とうばつ》に参戦しろ！」

巨大魔獣に弄《もてあそ》ばれて、あちこちを泥《どろ》に塗《まみ》れさせたスノウが吠《ほ》えた。

……俺は遠くで暴れ回る巨大魔獣の方へ目をやりながら。

「魔獣って言われても、どう見てもアレってネコじゃん」

そう、そこに居るのはネコだった。

サイズこそ桁違《けたちが》いな大きさだが、アレはどう見ても白ネコだ。

巨大ネコを眺めながら、アリスがポンと手を打つと。

「なるほど、アレが偵察部隊の報告にあった、トリスを守護するトラ型魔獣か」

「いや、トラ型じゃなくってアレってネコじゃん。さっきから王国兵を前足でバシバシ叩《たた》いてるのも、じゃれてるようにしか見えないし」

逃げ惑《まど》う兵士達に野生の本能を刺激《しげき》されたのか、俺達の目の前では巨大ネコが兵士を追い掛《か》け薙《な》ぎ払《はら》うという、訳の分からない光景が広がっていた。

兵士の背を前足で踏《ふ》み付けて、勝ち誇《ほこ》ったようにネコが鳴く。

「みゃーん！」

「ほら、みゃーんって言ったじゃん！　やっぱりアレはネコだって！」

ネコを指差し叫《さけ》ぶ俺に、スノウが食って掛かってきた。

「ネコでもトラでも何でもいい、とっととアレを倒しに行くぞ！　ヤツは以前戦った砂の王と同じく、なぜか飛び道具の効果がないのだ！」

「ええ……」

以前討伐した砂の王は、この世界特有の不思議パワーのおかげか銃弾《じゅうだん》や投擲《とうてき》武器が効かなかった。

見れば、兵士達が引いてきた攻城《こうじょう》兵器の数々も、攻撃は当たっているのに効いている素《そ》振《ぶ》りがない。

となると、俺が持参してきたアンチマテリアルライフルも意味がないわけで……。

「あんなバカデカいのを相手に肉弾戦とか勘弁《かんべん》しろよ。それに、俺にはアイツに勝てるビジョンが見当たらないんだ……」

「普段《ふだん》やたらと強気なアンタが今日は一体どうしたんだい？　ついさっきまでアタシ達を、噛ませだの雑魚だの言ってたクセにさ」

そう言ってバイパーに背負われたラッセルの頬《ほお》をペシペシ叩いて起こしながら、ハイネが珍《めずら》しい物を見る目を向けてくる。

自らも参戦するためか、バイパーがラッセルをそっと地面に下ろす中。

「俺、昔ネコ飼ってたからアレは無理だわ、攻撃出来ねえ」

「この非常時に何を言っている！　愛らしいのは認めるが凶暴《きょうぼう》な魔獣を放っておけるか！」

スノウがツッコミを入れてくるが、お前も愛らしいって言っちゃってるじゃん。

以前リリスが巨大スズメ『空の王』との戦闘《せんとう》を拒否《きょひ》していたが、昔スズメ飼ってたから無理と言っていた気持ちが今なら分かる。

と、ラッセルを起こすのを諦《あきら》めたらしいハイネが言った。

「ちょっとばかし可愛いからって何を甘い事言ってんのさ。見てな、今からバイパー様と共にアイツを仕留めて、魔王軍の力を見せ付けてやるよ！」

「えっ」

意気込むハイネと裏腹に、素《す》で驚《おどろ》きの声を発したバイパーに、

「……バ、バイパー様？」

「な、なにも⁉　そ、そうですね、私達の力を見せれば魔族の有用性を示せます。魔族のため、そしてお世話になっているキサラギのために、ここは心を鬼《おに》にして……！」

今日のバイパーは普段着ている魔王服ではなく、怪人《かいじん》ヘビ女仕様の戦闘服だ。

と、巨大ネコが気合いと共に駆け出したバイパーと続くハイネに気付いたようだ。

あっという間に巨大ネコとの距離《きょり》を詰めたバイパーは、

「……くっ！　これはまさか、チャームの魔法……！」

「ソイツは魔法なんて使ってませんよバイパー様！　まさか情に絆《ほだ》されたんですか⁉」

振りかぶった拳を止めて、ハイネにツッコまれていた。

今のキサラギの最強戦力として連れてきたバイパーがあっという間に陥落《かんらく》し、いよいよ打つ手が無くなった。

……いや、まだ諦めていないヤツらが二人いる。

「バイパー様の手を煩《わずら》わせるまでもない！　アンタはアタシが仕留めてやるよ！」

「いいぞハイネ、そのまま正面から注意を惹《ひ》け！　私も灼熱剣《しやくねつけん》、フレイムザッパーで貴様に攻撃属性を合わせてやる！」

かつては敵同士だった二人だが、今はこうして力を合わせ巨大な敵に立ち向かっている。

その姿は悪の組織の戦闘員ではなく、まるで商売敵《しようばいがたき》のはずのヒーローのようで……、

「ふみゃーっ！」

「ああっ⁉　ハイネ！　ス、スノウさん！」

立ち向かおうとしたところをネコにはたかれ二人は地面を転がった。

遠目にはネコに甘えられたような攻撃だが、なにせ相手はあのサイズ、撫《な》でられただけでも大ダメージだったらしい。

地に伏《ふ》せてグッタリしている二人の下《もと》に、バイパーが慌《あわ》てて駆け寄っていく。

「なあアリス、モグラといいスズメといいネコといい、俺達はなんでこんなの相手に苦戦してんだ。こっちは真面目《まじめ》に悪の組織やってんだぞ」

「デカいってのはそれだけで反則だよなあ。かといって、対抗《たいこう》出来そうなデストロイヤーは砂の王退治とモゲ朗さんの引き揚《あ》げ作業でガス欠だ。ハイネに充電《じゅうでん》を頑張《がんば》ってもらうしかねえなあ……」

ヒーロー操《あやつ》る巨大ロボへの対抗手段として、キサラギの怪人達は巨大化という切り札を持っているが、現在この星に派遣《はけん》されている怪人といえばトラ男のみだ。

だが、その肝心《かんじん》のトラ男は旅に出てしまっている。

……と、巨大ネコが逃げ惑う兵士達に気を取られている間に、スノウとハイネを背負ったバイパーが俺に近付き。

「六号さん、アリスさん。あの子は私が何とかしますので、この二人をお願いします」

背負っていた二人を下ろすと、暴れ回る巨大ネコへと振り返る。

「何とかするって言ってもどうすんの？　相手はあの大きさだし、魔王パンチでも致命《ちめい》傷《しょう》は与《あた》えられないと思うよバイパーちゃん」

「いえ、今の私には切り札があります。怪人ヘビ女となった今、私が瀕死《ひんし》になるまで追い詰められれば……」

おい、まさか……。

「バイパーちゃんも巨大化出来るの？」

「はい、キサラギの幹部になる際に、リリス様に改造手術を施《ほどこ》していただきました」

そう言って何でもない事のように微笑《ほほえ》むバイパーに、ハイネがヨロヨロと身を起こし。

「バ、バイパー様……。アタシ、そんなの聞いていませんよ……。行かせませんよバイパー様、これ以上魔族のために、自分を犠牲にするのは止《や》めてください！」

今にも泣き出しそうな悲愴《ひそう》な顔で、バイパーに縋《すが》り付いた。

だが……。

「ねえハイネ。既《すで》に私達は六号さんを始め、キサラギの皆《みな》さんに返しきれないぐらいの恩を受けているわ。私は皆の力になりたいの。大丈夫《だいじょうぶ》、六号さんに助けて貰《もら》った大切な命だもの、私だって死ぬ気はないから。……巨大化という切り札は確かに寿命《じゅみょう》を削《けず》るものだけど、別に今すぐ死ぬわけではないわ。……なら、私は迷わない」

一片《いっぺん》のくもりもない晴れ晴れとした表情で、バイパーはキッパリと言い切った。

決意を秘《ひ》めた表情で巨大ネコの下に堂々と歩いて行く、その背中に向けて——

「バイパー様、その覚悟《かくご》はご立派です！　ですが命を懸《か》けてまで戦う相手が、あんな可愛《かわい》らしいのだと締《し》まりません！　万が一命を落とした際には、元魔王が巨大ネコとの激闘の果てに散ったと記録されるんですよ!?」

「……わ、私は死なないわ、ハイネ。だから、決意が鈍《にぶ》るような事を言うのは止めて」

バイパーがちょっとだけ迷いを見せる中、俺は大変な事に気が付いた。

「巨大《きよだい》化はダメだよバイパーちゃん！　だってこんな所で巨大化したら……！」

「……？　ここは国境沿いの荒野《こうや》です。巨大化して多少暴れても辺りに被害《ひがい》は無いと思いますが……」

こちらを振《ふ》り向き小首を傾《かし》げるバイパーに、俺の言いたい事にアリスが気付いた。

「なるほど、見た目が獣《けもの》みたいな怪人ならともかく、人と変わらない姿のバイパーが巨大化すると大変な事になるな。しかもここには遮蔽《しゃへい》物が何にもねえ」

「そうだよ！　巨大化すると服が破れてすっぽんぽんになるよバイパーちゃん！」

「か、考え直してくださいバイパー様！　ここには大勢の人間がいます！」

それを聞いたバイパーは肩《かた》を小さく震《ふる》わせながらも前を向く。

「……皆さんに恩を返せるなら、たかが裸《はだか》になるぐらい……」

「声が震えてるよバイパーちゃん、巨大化は本当にマズいって！　大きいと遠くからでもよく見えるし、下から見上げるわけだから絵的にも大変な事に……」

「細かく説明するんじゃないよ、バイパー様が動かなくなったじゃないか！」

バイパーがその場で顔を覆《おお》って蹲《うずくま》る中、放っておかれた巨大ネコがふんふんと鼻を鳴らしながら辺りをキョロキョロ見回し始めた。

やがて向けられた視線の先には……。

「ハハハハハハハ！　どうだ、コレが気になるか⁉　現在トリスにはトラ型の巨大魔獣《まじゅう》がいると聞き、念のため用意しておいた切り札だ！」

いつの間に復活したのか、俺達から離《はな》れた場所でスノウが何かの袋《ふくろ》を開いていた。

透明《とうめい》なビニール袋からは白い粉がこぼれ落ち、巨大ネコの目がソレに釘付《くぎづ》けになる。

なんてこった、あの女はあんなヤバそうな物に手を出してやがったのか……！

「……漂《ただよ》ってきた粉の成分はマタタビだな。アイツ、トラ男が大事に仕舞《しま》っておいたマタタビ粉を持ち出したな。トラ男が帰って来たら怒《おこ》られるぞ」

「あの女、元騎士《きし》とは思えないほど手癖《てくせ》が悪いなあ。騎士より盗賊《とうぞく》にジョブチェンジした方がいいんじゃないのか」

スラム街で育ったと聞いているので、案外本当にコソ泥やってた可能性もある。

と、やがて巨大ネコはマタタビ粉を散布するスノウの下にフラフラと近付くと……。

「見ろよ六号、スノウにしては珍しく上手《うま》くやったな。ちゃんと効いてるみたいだぞ」

「本当だ、アイツここんとこはすっかりオチ要員みたいになってたのに」

「魔族のアタシが言うのもなんだけど、お前らって結構酷《ひど》いな」

甘えた声を上げながらスノウの足下で転がるネコの姿に、逃《に》げ惑《まど》っていた兵士達が落ち着きを取り戻《もど》したようだ。

小隊ごとに集まった兵士達はさらに集まる数を増やし、やがてその数が中隊規模になった頃《ころ》、スノウが手懐《てなず》けているネコを隊列を組んで取り囲む。

兵士達の手にはロープを繋《つな》いだ銛《もり》や投網《とあみ》が握《にぎ》られており、俺達がティリスに報告した、砂の王との戦闘結果が上手く生かされているようだった。

着々と討伐《とうばつ》態勢が整えられていくにもかかわらずマタタビ粉に夢中な巨大ネコ。

それを見て安心したのか、勝ち誇《ほこ》った顔のスノウがこちらへとやって来た。

「どうだ、私の大手柄《おおてがら》は！　おい六号、貴様には日頃世話になっているからな、今回の手柄はお前と半分こにしてやってもいいぞ！」

「……お前、トラ男さんのマタタビ勝手に持ってきたから俺を共犯者にするつもりだろ。あの人はロリッ子以外には厳しいから関《かか》わらないぞ」

スノウは未《いま》だゴロゴロ転がる巨大ネコから目は離さぬまま。

「……私はまだ十七歳なのだが、年齢《ねんれい》的な理由でどうにか子供扱《あつか》いして貰えないだろうか」

「お前には子供らしい純粋《じゅんすい》さなんて欠片《かけら》も無いし、外見的な理由でもアウトだと思うぞ。

……おっ、捕獲《ほかく》が始まるみたいだな」

兵士達がタイミングを合わせ手にした投網を投げ付け始めるが、マタタビ粉に夢中な巨大ネコは、体に纏《まと》わり付く網を物ともせずひたすら鼻を鳴らしていた。

——と、どうやらこのままいけそうだと思われたその時だった。

「報告します！　遠方に謎《なぞ》の軍勢の影《かげ》を確認《かくにん》しました！　……というか、あれは何だ？　妙《みょう》な物に乗っているが……」

周囲を警戒《けいかい》していた兵士の一人が、困惑《こんわく》の表情を浮《う》かべながらスノウに報告する。

「妙な物に乗った軍勢だと？　……なるほど、アデリーとかいうあの女の仕業《しわざ》だな。トリスを守護していた巨大魔獣を盾《たて》代わりに先行させ、自分達はその後に続いて侵攻《しんこう》するつもりだろう。魔獣の拘束《こうそく》にあたっている者は作業を続けろ！　それ以外の兵で隊を組み直し、迎《むか》え撃《う》つ！　さあ、今こそグレイス王国の力を……」

適当な指示を出しながらスノウが報告にあった軍勢を振り返り……。

「……おい六号、アレは何だ。お前達がたまに使う妙な乗り物がたくさんいるぞ」

「どっからどう見ても車だな。それも戦闘車両ってヤツだ。……なあアリス、これってシヤレになってないぞ。なんでアイツらも近代兵器を持ってるんだよ」

目の前に広がる荒野では、数十台にもなる戦闘《せんとう》車両がこちらを目掛《めが》けて迫《せま》って来ていた。

砲塔《ほうとう》が見えない事からおそらく兵士輸送用の装甲《そうこう》車だろうか。

「会議でちゃんと話したろ。トリスを乗っ取った謎の相手は、地球以上の技術や近代兵器、もしくは生物兵器を所持している恐れがある、って。なにせ一夜でトリスを侵略したんだ、何かあるとは思っていたが、この星の侵略は大変そうだぞ」

戦闘車両がある以上、当然銃器《じゅうき》の類《たぐ》いも所持していると思っていい。

車両数十台に収まる程度の相手ならこちらの方が数は多いが、いかんせん装備に差があり過ぎる、機関銃でも使われれば一方的な蹂躙《じゅうりん》にしかならないだろう。

そして何より、車両の上からちらほら見える敵の服装は、アデリーが着ていた戦闘服のような物にソックリで——

それを見るなりアリスが叫《さけ》んだ。

「撤退《てったい》！」

言うが早いかアリスは転送装置を取り出すと、何かをメモに走り書きする。

「なっ……！　ま、待てアリス、せっかく巨大魔獣の討伐が成功しそうなのだ！　あの軍勢の強さは分からないが、魔獣を仕留めるまでの時間稼《かせ》ぎなら……」

俺は、せっかくの手柄を見逃《みのが》せないのか、食い下がるスノウに向けて言い放った。

「あそこにいる連中は、一人一人が俺達戦闘員並みの力を持っているかもしれないぞ」

「撤退！」

迷うことなく兵士達にスノウが指示する。

手柄に対する欲にかけては並ぶ者がいないコイツだが、まだ一戦もしていないにもかかわらず即座《そくざ》に撤退の判断を下せるところは、やはり指揮官として優秀《ゆうしゅう》なのだろう。

巨大ネコの拘束がほぼ完了《かんりょう》するという状況《じょうきょう》なのに、兵士達が直《す》ぐさまそれに従う辺りも、日頃の訓練が行き渡《わた》っているのに他《ほか》ならない。

「なあスノウ。お前ってコネと金と体だけで出世したわけじゃなかったんだな」

「私はこの状況でなぜいきなり貶《けな》されているのだ！　ええい、足の遅《おそ》い者には身軽な者が手を貸してやれ！　重い装備は逃走《とうそう》経路に捨てていけ！　それが敵の足止めにもなる！」

ちゃんと指揮官をしているスノウをよそに、バイパーが未だ白目を剥《む》いてグッタリしているラッセルを抱《だ》き上げて、ハイネにその身を差し出した。

「殿《しんがり》は私が務めます。ハイネはこの子をお願いね」

「えっ⁉　ちょっ、バイパー様！」

バイパーはそう言い残し、グレイス軍の最後尾《さいこうび》へと駆《か》け出していった。

「おお……。悪の組織の者とはいえ、さすが幹部なだけはある。怪人《かいじん》ヘビ女殿《どの》は本当に優秀な方だな。戦えるだけでなく書類仕事までこなし、魔族受けもいい上に元魔王軍幹部を手懐ける手腕《しゅわん》は、見事だと言わざるをえないな……」

「あ、アンタは何言ってるんだ？　魔族受けがいいのは当たり前だろ……むぐっ！」

俺はハイネの口を塞《ふさ》ぎながら耳元に囁《ささや》いた。

（この白髪《しらが》女はヘビ女がバイパーちゃんだって気付いてないんだよ。戦闘員達の間で、いつになったら気付くのか賭《か》けをしてるから黙《だま》っとけ）

（どんな目ん玉してたらこの状況で気付かないんだよ。いや、バイパー様の正体が知れたら突《つ》っかかってきそうだし、秘密にするのは構わないけどさあ……。って、それより！）

と、ハイネは抱《かか》えていたラッセルを俺に押し付け、慌《あわ》ててバイパーの後を追う。

「アタシもバイパー様と殿を務めてくるからラッセルの世話は任せたよ！　せいぜい時間を稼ぐから、その分休みを増やしてくれよ？」

ハイネは一方的に言い残すと、手の平に炎《ほのお》を纏わせて駆け出しながら、

「けったいな格好した人間共め……！　アタシは元魔王軍四天王が一人、炎のハイネ！

どこのどいつだか知らないが、ここから先は通さないよ！」

魔族特有のちょっと長めの犬歯を剥いて、迫る軍勢に向かって吠《ほ》え立てた——！

4

アジト街の入り口で帰りを待っていたロゼが、俺達を見るなり声を上げた。

「バ、バイパーさん!?　ハイネさん！　あとついでにラッセルさんまで！」

ロゼの視線が向かう先は、気を失ったハイネをお姫様抱《ひめさまだ》っこで運ぶボロボロになったバイパーと、俺の背中で未だグッタリしているラッセルだった。

強力な装備を持つ謎の軍勢の接近により、王国軍はバイパーとハイネが足止めをしている間にスノウ指揮の下《もと》撤退を開始。

その後、俺とアリスはキサラギから転送されてきた光学迷彩《めいさい》で潜伏《せんぷく》し、バイパー達のピンチに備えて隠《かく》れていたのだが——

「私達は無事です。ハイネとラッセルは気を失っているだけで、大きな怪我《けが》もありません」

出迎えてくれたロゼに向け、安心させるように微笑《ほほえ》むバイパー。

王国軍の連中も相手の軍勢との交戦が無かったおかげか、巨大ネコ捕獲の際に怪我を負った程度で、一人の死者もなく城へと帰った。

ハイネは強力な魔導石を得た事で新技でも覚えたのか、熱線状の炎を浴びせて戦闘車両二台を破壊《はかい》したものの、テーザー銃のような物で電撃《でんげき》を食《く》らい、今は気を失っている。

結局、最も被害《ひがい》を受けたのが……。

「バイパーちゃんが一番重傷なんだから、ハイネはロゼに任せて医務室行こうぜ。強いのは知ってるけれど、あんま無理しちゃダメだよバイパーちゃん。あとちょっとで巨大《きょだい》化するとこだったんだからね」

「す、すいません六号さん……。キサラギの幹部なのに、不覚にも後《おく》れを取りました……」

——一人迫り来る軍勢の前に立ったバイパーは、頑丈《がんじょう》な戦闘車両に怯《ひる》みもせずに魔王パンチという名の飛び蹴《げ》りを敢行《かんこう》。

ハイネを気絶させたテーザー銃を撃ち込むもなぜか効いた風も見せないバイパーに、謎の軍勢は驚《おどろ》きの表情を見せた後、次々に戦闘車両を引っ繰《く》り返され続け、やむなくといった感じで今度は実弾《じつだん》を発砲《はっぽう》した。

それに対し、時間を遅《おく》らせる事により銃弾を目視しナックルガードで弾《はじ》き返すという荒《あら》業《わざ》を見せたバイパーは、ハイネを回収すると自らの背を盾にして撤退を開始。

銃弾の雨を背に受けながらも、光学迷彩で隠れていた俺達と何とか合流し、手傷を負って今に至るという訳だ。

「バ、バイパーさん、背中が酷《ひど》い事になってます！　ハイネさんはあたしが預かりますから、早く治療《ちりょう》を！」

慌ててハイネを受け取るロゼに、バイパーは小さく微笑みながら。

「怪人スーツが破れたから大怪我を負ったように見えるだけで、この通り大丈夫です。心配してくれてありがとうございます、ロゼさん」

そう言って涼《すず》しい顔をしているが、バイパーは先ほど多数の銃弾を摘出《てきしゅつ》され、治療用ナノマシンを打たれたばかりだ。

見た目上では再生治療が完了してるが、内に受けたダメージや失った血液はそのままだ。

立っているのも辛《つら》いはずなのだが、ここにはロゼや魔族がいる手前、心配かけまいとしているのだろう。

「皆《みな》さんがこんなボロボロになるだなんて、相手はそれほどの強敵だったんですか？　同族のラッセルさんもやられてますし、あたしもどこまで役に立てるか……」

ロゼが深刻な表情を浮かべているが、ラッセルを仕留めたのはこの俺だ。

と、アリスが納得《なっとく》のいかなそうな顔で首を振《ふ》った。

「相手は確かに強敵だったが、まだ本気を出してない。むしろ、撤退する王国軍にあまり興味を示さなかったな。どちらかというと、連中の興味は捕獲《ほかく》されそうだった巨大魔獣《まじゅう》に向けられていたぞ」

「そういやアイツら全員銃を持ってたのに、バイパーちゃんにしか使わなかったしなあ」

そしてあの軍勢の中にアデリーの姿が見えなかった。

もちろん工作任務を帯びたアデリーは戦争に参加しないという可能性もあるが、そうでなければあれだけ腕《うで》の立つ女を遊ばせておく理由がない。

……と、敵勢力の謎な行動を考察していると。

「すいません、ちょっとだけ休ませてもらってもいいですか？」

血を失い過ぎたのか、青い顔をしたバイパーが小さな声で言ってきた。

「ちょっとじゃなく、当分は安静にして貰《もら》うぞ。自分は六号の小隊の衛生兵だからな。医者の言う事は聞くもんだ」

「……分かりました。後の事はお願いします、アリスさん」

アリスの言葉にバイパーは、アジトの医務室へと向かいかけるも、一瞬《いっしゅん》迷ったように眉根《まゆね》を寄せて足を止める。

「……あの、六号さん」

　そして申し訳なさそうな表情を浮《う》かべたバイパーは、こちらを振り向き呼び掛けて。

「おっ、スーツの背中が剝き出しになって一段とエロいバイパーちゃん、なんだい？」

「え、エロいですか!?　それはその、悪の女幹部として喜ぶべきでしょうか……。いえ、そうではなくて……」

　俺にからかわれたバイパーは、伏《ふ》し目がちにこちらを見上げると。

「魔族の皆を受け入れてくれただけではなく、私の命まで救ってくれて、更《さら》には幹部待遇《たいぐう》で雇《やと》っていただいているのに……。せっかく恩を返せると思ったのに、不甲斐《ふがい》ない結果に終わり、申し訳ありませんでした」

　そう言って頭を下げるバイパーだが、むしろ一番活躍《かつやく》してくれたと思う。

「いやいや、バイパーちゃんはよくやってるよ。ウチで一番頑張ってるし、毎晩遅くまで仕事してるじゃん。皆バイパーちゃんを心配してるよ、あの子は働き過ぎだって」

　今回にしても殿を務めたバイパーがいなければ死者が出ていたかもしれない。

　撤退戦の殿というのは一番危険を伴《ともな》うものだ。

　それを率先《そっせん》して務めたバイパーに、皆口に出さないだけで感謝している。

　そう早口で捲《まく》し立てると、バイパーは小さくはにかんで、フラつきながら医務室へと向かっていった。

　とぼとぼと歩いていくバイパーの、剝き出しになった小さな背中を何も言えずに見送っていると、アリスが言った。

「相棒の自分には、お前さんが今何を考えてるのかは分かってる。だが、まずは城に向かうぞ。バイパーに落とし前をつけさせるのはその後だ」

　ウチの優秀なアンドロイドは感情を読み取る事を覚えたようだ。

　前回はコイツを最後まで信じてやれなかったし、今度こそちゃんと相棒を信じてやろう。

5

　俺とアリスが王城に向かうと、城門前には不穏《ふおん》な空気が漂《ただよ》っていた。

「ティリス様に取り次ぎを！　街に出回っている水精石《すいせいせき》は何なのだ？　トリスとは交流が無くなったはずでは？　輸入が再開したのであれば、当家にも下ろしていただきたい！　王家だけで独占《どくせん》するのは卑怯《ひきょう》です！」

「戦争は終わったはずなのでは⁉　巨大魔獣討伐《とうばつ》に出向いた兵が、どこかの軍隊と戦闘行《せんとうこう》為《い》を行ったと聞きましたが本当ですか⁉　また税金が上がるんですか⁉」

「ティリス様が魔王だとの噂《うわさ》がありますが、俺は魔王でも構いませんよ！　ティリス様、愛してます！　俺だけは最後まで付いていきますから！」

「雨を降らせるアーティファクトは既《すで》に修理が終わったと小耳に挟《はさ》んだぞ！　なのに、なぜ王家は雨降らしの儀式《ぎしき》を行ってくれないのだ！　我が領地に恵《めぐ》みの雨を！」

城門では貴族とおぼしき連中が面会を求めている。

本来であれば城門で止められるはずもない貴族だが、今日に限っては状況《じょうきょう》が違《ちが》っていた。

「王国の兵士達が帰還《きかん》したばかりなのです！　どうか日を改めては貰えませんか！」

「城内で働く者は、兵士達の治療に追われています！　なので担当者の呼び出しには応じられません、申し訳ありません！」

兵士達が必死に通せんぼをしているが、なにせ相手は身分が上だ。

強く出られない事もあり、どの貴族も帰ろうとする気配がない。

「現在、王城には非常事態宣言が出されており、何人《なんぴと》たりとも入城は許可されておりません！　どうかお引き取りを！」

門番を務める兵士達が訴《うった》えるが、それで納得する貴族達ではなかった。

「貴様、たかだか兵士風情《ふぜい》が私に意見するつもりか！　話にならん、そこをどけ！　お前達の責任者は誰《だれ》だ、連れて来い！」

業《ごう》を煮《に》やした一人の貴族が、兵士を押しのけ通ろうとした、その時だった。

「責任者はこの私だ。文句があるなら聞こうではないか」

騒《さわ》ぎを聞き付けやってきたのか、スノウが正門から現れた。

『なあアリス、これってひょっとしてヤバいのか？　貴族が反乱起こすんじゃあ……』

『今すぐどうにかなるレベルじゃ無さそうだが、大分不満が溜《た》まっているな？　遣《や》り手の姫さんにしては珍《めずら》しい、このままだと荒《あ》れそうだ』

騒ぎを遠巻きに眺《なが》めながら俺とアリスが他人事《ひとごと》のように話していると、門番に詰《つ》め寄っていた貴族の中でも一際偉《ひときわえら》そうな男が、嫌《いや》らしい笑《え》みを浮かべてスノウに告げた。

「聞きましたぞスノウ殿《どの》、軍勢を動かしておきながら、魔獣討伐に失敗したとか。これで貴方《あなた》の失態は何度目になるのやら……」

「確か貴方は……。ああ、クリケット商会と仲がよろしいハワード家の当主殿！　クリケット商会は良いですな、あそこの会長はよく贈《おく》り物をしてくれますから覚えていますよ！　ええ、私も懇意《こんい》にしているのです！」

失態を指摘されたスノウが笑みを浮かべて爆弾《ばくだん》を投下する。

『なんて女だ、遠回しに相手の不正行為を突《つ》いた上に、自分も同じ穴の狢《むじな》だと仲間アピールしているぞ。スノウの失態をほじくり返して失脚《しっきゃく》させたら、全《すべ》てを白状して道連れにされかねねえ。実にいい手だ、こういう事にかけては賢《かしこ》いぞ』

『俺からしたらドン引きだよ。スノウに絡《から》んだ貴族が黙《だま》り込んじゃったじゃないか』

性根《しょうね》が捻《ひね》くれているだけあって、あの女は口喧嘩《くちげんか》にめっぽう強い。

スノウに絡んだその貴族が、引き攣《つ》った笑みを浮かべて固まると。

「いやあ、同じ商会を贔屓《ひいき》にしている者として、此度《こたび》の失態に関してはお手《て》柔《やわ》らかにお願いしたいですなあ！　現在、王城内の者は皆多忙《たぼう》でして、ティリス様への取り次ぎは日を改めて頂けると助かるのですが……」

「そ、そうですな、スノウ殿に頼《たの》まれては嫌とは言えませんな！　ハハハハハハハ！」

貴族はバカには務まらない。

色々と爆弾を抱《かか》えているスノウと敵対するのは不利と悟《さと》ったのか、絡んでいた貴族は愛《あい》想《そ》笑いを浮かべると、そそくさとその場を去った。

「——まったく、この非常時に面倒《めんどう》な連中め。ティリス様は今それどころではないというのに……」

貴族を追い払《はら》ったスノウが、俺達をティリスの下《もと》に案内しながら愚痴《ぐち》をこぼした。

「なあ、この国の貴族連中は前からあんな状態だったのか？　俺からすると、魔王軍との戦争中は貴族ってもっと空気感があったんだけど」

「いいや、存在感を出してきたのはここ最近だな。平民上がりの私が気に食わないのか、ちょっとした失態を突かれる事はあったものの、こうして城に押し掛《か》けて抗議《こうぎ》してくるほどではなかったはずだ」

お前の失態はどれもちょっとしたもんじゃないだろ。

「ていうかさ、城内の警備がやたら物々しくないか？　まさかとは思うけど、ウチの戦闘《せんとう》員十号がまた何かやらかしたのか？」

ティリスの部屋に向かう間、すれ違う兵士達の顔がいつもと違ってピリピリしている。

「ティリス様に懸《か》けられた賞金に目が眩《くら》み、ただでさえ不満を抱《いだ》いている貴族達が血迷ったりしないかと警戒《けいかい》していてな。魔王軍との戦争中はティリス様のような支配者が喜ばれたものだが……」

「平和になったら賢いお姫様《ひめさま》は邪魔《じゃま》になったのか。どこの世界も世知辛《せちがら》いなあ……」

と、それまで黙っていたアリスが言った。

「アデリーのヤツ、やってくれたな。これは正義の味方の人助け活動に見せかけた内乱工作だ。ポンコツ臭《しゅう》を漂わせて、一つ一つの工作はお粗末《そまつ》なものに見せかけていたのさ」

「……マジかよ、アイツそんな賢そうには見えなかったぞ？」

そう、どちらかといえば俺やロゼみたいな頭の出来に思えたのだが。

「アイツが水精石をバラ撒《ま》いたのも、傍《はた》から見れば単に人助けをしたいお人好《ひとよ》しに思えるがそうじゃねえ。輸入が困難とされている水精石を大量にバラ撒く事で、姫さんに対する不信感を植え付けたのさ。貴族からすれば王家が水精石を独占しているようにしか見えないからな。全て計画されたものだったんだよ」

マジかよ、俺の目には何も考えずバラ撒いていたように見えたんだが……。

「アーティファクトが直っている事を貴族の一人が知っていただろ？　どうやって知ったのかは分からないが、水精石と共にその情報もバラ撒いたんだよ。あとはこう喧伝《けんでん》すればいい。『ティリス姫は仕入れた水精石で儲《もう》けるため、修理が終わったアーティファクトを使わないのだ！』ってな」

ティリスにあのセリフを言わせたくて、もうアーティファクトは直ってるんだよと結構な人に言いふらした覚えがあるけど、多分俺のせいではないはずだ。

「なるほど……。あの女、とんだ食わせものではないか。となると、私の不正をあのタイミングで告発し、ティリス様に水晶《すいしょう》を渡《わた》したのも……」

「ああ、お前さんを餌《えさ》に騒ぎを起こし、ティリスを人目がある場所におびき寄せたんだろうな。その上で、大衆の前で水晶に触《ふ》れさせたんだ」

そもそもスノウが不正を行わなかったら何も起きなかったし、水晶が黒く濁《にご》ったのもティリスの性根の問題だと思うが、賢いアリスが言うのだからそうなのだろう。

「となると、ティリス様を魔王呼ばわりして賞金を懸けたのは……！」

驚《おどろ》きおののくスノウに対し、アリスが名探偵《めいたんてい》のようにビシッと指を突き付けた。

「そう、それこそがあの女の目的だ。ティリスの性根が真っ黒な事を大衆の目に晒《さら》し、魔王呼ばわりして堂々と賞金を懸ける。ほら、これで侵攻《しんこう》のための大義名分が出来ただろ？　悪《あ》しき魔王に支配されたグレイス王国を、正義の味方の我々《われわれ》が解放するってな」

あの時のアデリーは、何も考えずその場の勢いでお前が魔王だと騒いでいただけな気もするが、こうまでハッキリ言い切られると俺もどんどんそんな気がしてきた。

「考えてもみろ、あの女がこの国を脱出《だっしゅつ》した翌日にトリスの巨大《きょだい》魔《ま》獣《じゅう》と軍勢が襲《おそ》って来たんだぞ？　事前に準備をしていたのでなければいくらなんでも早過ぎる。つまり、全ては仕組まれていたのさ！」

あの軍勢は巨大ネコを捕獲《ほかく》した後、侵攻もせずに帰っていったのだが、まさかその行動すらも何かの罠《わな》だとしたら、いよいよアデリーを侮《あなど》れない。

「こうしてはいられん！　その事を早くティリス様に報告しなければ！」

慌《あわ》てふためくスノウをよそに。

『さあ、攻《せ》め込むための大義名分は作ってやったぞ。あとは戦って勝つだけだ。そっちの仕事は任せたぞ』

アリスが俺だけに聞こえる声で、日本語で言ってきた。

6

俺達が通された自室にて、スノウの報告を受けたティリスが言った。

「やってくれましたね……。国王であるお父様が居なくなり、貴族が幅《はば》を利《き》かせ始めたところでコレですか。国内の混乱がなければ攻め込んでいたところです……！」

いつもは冷静なティリスにしては、珍しく過激な宣言だった。

『ティリスからしてみれば、アーティファクトが直っているのをバラされたのが応《こた》えたんだろう。他《ほか》のと毛色が違う気もするが、この工作が一番悪辣《あくらつ》だなあ。このタイミングで秘密をバラすとは、アデリーめ、やってくれるな』

『……アイツめ、酷《ひど》い事しやがるな。今度会ったらとっちめてやる』

と、俺がアデリーに罪を擦《なす》り付け、知らん顔をしていると。

「ティリス様にお願いがあります」

いつになく真剣《しんけん》な顔で、スノウがその場に片膝《かたひざ》を突いた。

「この度の魔獣討伐《とうばつ》に失敗した身ではありますが、どうか私に名誉挽回《めいよばんかい》の機会をください」

そういえばコイツは任務に失敗した事でいよいよクビになるんだったか。

いつもの欲望塗《まみ》れの姿はなりを潜《ひそ》め、スノウがティリスを真っ直《す》ぐ見詰め返事を待つ。

なんというか、もっとみっともなく泣き縋《すが》って駄々《だだ》捏《こ》ねると思ったのにちょっと意外だ。

「……名誉挽回の機会とはいっても、一体どうするつもりですか？　貴族達が良からぬ動きを見せている今、かの機関相手に打って出るには時期が悪過ぎます。そして此度も失態を犯《おか》した以上、手柄《てがら》を立てたとしても騎士《きし》団隊長に返り咲《ざ》けるとは限りませんよ？」

「構いません、既に騎士を辞する覚悟《かくご》は出来てます。もしお許しくださるのなら、トリスに潜入《せんにゅう》し、破壊工作をやり返してやろうかと思います」

本当に普段《ふだん》と違うその姿に、ティリスが気圧《けお》されながらも問い掛ける。

「このまま何もしないでいては周辺国に侮られます。貴族達との政治闘争に勝利し国内を落ち着かせたら、いずれ反撃《はんげき》に出るつもりです。潜入工作は危険です、その時まで待てませんか？　敵を陥《おとしい》れる権力闘争での貴方の腕《うで》は大変信頼《しんらい》しています。このまま手伝ってはくれませんか？　……というか、貴方がそこまでする理由は何ですか？」

その問い掛けにスノウは一瞬《いっしゅん》口籠《くちご》もると、

「怪人《かいじん》ヘビ女殿が、その……先の小競《こぜ》り合いで大怪我《けが》を負いまして……」

ボソボソとか細い声で、耳を赤くしながら独白を始めた。

「六号が普段バイパーちゃんと呼ぶせいか、あの方を見ていると何だか魔王バイパーを思い出すのです。魔族の罪を一身に背負って死んでいった魔王に対し、私は何もしてやれませんでした。魔王バイパーの代わりに魔族を保護し尽力《じんりょく》しているヘビ女殿のため、一矢《いっし》報《むく》いてやりたいと思いまして……」

俺とティリスはその瞬間、視線だけで心を通わせた。

――どうしてこんなになるまで放《ほう》っておいたんだ、と。

本来であれば何かの拍子《ひょうし》にバイパーの正体がバレて、コイツ今まで気付かねーでやんのと笑ってやる予定だったのだ。

というか、スノウがいつ気付くかを賭《か》けの対象にまでしてるのに、こんなに重く受け止めていただなんて思わず、やっちゃいけない事をやっちゃった感がある。

葛藤《かっとう》する俺達をよそに、魔王死んだふり計画を立案したアンドロイドはうんうんと頷《うなず》きながら、スノウを励《はげ》ますように肩《かた》を叩《たた》いていた。

アンドロイドには本当に血も涙《なみだ》も感情もないと再認識《さいにんしき》した瞬間である。

「騎士スノウ。その気高い決意に敬意を表し、自由行動を許可します。そして何らかの手柄を挙げたあかつきには、もう一度近衛《このえ》騎士団隊長に任命しましょう！」

いたたまれなくなったのか、ティリスがキッパリと宣言した。

スノウのキサラギへの移籍《いせき》は既《すで》に水面下で内定していたはずだが、近衛騎士団隊長に戻《もど》れるのであれば、俺もその方がいい気がする。

「ほ、本当ですか!?　い、いえ、しかし、こうも任務を立て続けに失敗した私が……」

「いいから受けとけ、お前にはその資格がある！」

「おう、自分は前から思ってたんだ、お前さんは優秀《ゆうしゅう》だってな。魔獣討伐任務にしても、見事な引き際《ぎわ》だったし失敗とは言えねえんじゃねえかな」

俺とアリスがフォローするも、なぜかスノウが疑いの目を向けて……。

「おい、なぜ貴様が私を推薦《すいせん》するのだ。アレか？　そんなに私がキサラギに正式移籍するのが嫌《いや》なのか？　そ、そこまで私は嫌《きら》われてるのか？」

「そんなんじゃねーよ、面倒《めんどう》くせえ女だな！　バイパーちゃんの仇討《かたきう》ちがしたいって理由が気に入ったんだよ、キサラギは仲間を大事にするからな！」

険しい表情を浮《う》かべるスノウを誤魔化《ごまか》していると、アリスが言った。

「つまりお前さんはヒイラギに逆襲《ぎゃくしゅう》したいんだな？　なら自分達も力を貸してやろうじゃないか。姫さんは身の安全に気を付けるんだぞ。なにせ莫大《ばくだい》な賞金が懸かってるんだ、城の中だからって油断は出来ねえからな」

「そうですね……。元近衛騎士であるスノウに警護して貰《もら》おうと思っていましたが、こうなった以上、誰《だれ》か信頼出来る別の者に……」

話題逸《そ》らしに乗っかろうと、ティリスが悩《なや》ましげに考え込んだ、その時だった。

「ティリス姫の警護の事なら俺に任せろ」

部屋の中に男は俺しかいないはずなのに、なぜか野太い声が聞こえてくる。

壁《かべ》の一部が人の形に盛り上がると、体の表面から擬態《ぎたい》用の壁紙を剝《は》がしながら快活に笑い掛ける男が現れた。

「衛兵ー！」

ティリスの叫《さけ》び声を聞きながら、現れた男は冷静に手の平を突《つ》き出して言葉を返す。

「大丈夫《だいじょうぶ》だティリス姫、不審《ふしん》者じゃない。俺だ、戦闘員十号だ」

「衛兵ー！」

それを聞いて更《さら》に叫ぶティリスの声に、部屋の外が騒《さわ》がしくなる。

十号が現れた壁はよく見ると、人型にくり貫《ぬ》かれているのが分かった。

ここのところ姿が見えなかったこの男は、どうやら壁の一部として生活していたらしい。

「十号が居るのなら姫《ひめ》さんは安心だな。警備の方は任せたぞ」

「ああ、任された」

「任せませんよ！　というか、一体いつからそこに居たのですか!?」

混乱するティリスをよそに、スノウが十号に笑い掛け。

「ティリス様はこう見えて、まだ年相応に怖《こわ》がりなところがある。よろしく頼《たの》む」

「ああ、それなら既に知っている。嵐《あらし》の夜に雷《かみなり》の音でビクッとしていたのを確認済みだ。次の嵐の夜に備え、抱《だ》き枕《まくら》に擬態する装備を開発中だ」

それに笑顔《えがお》で返す十号を押しのけて、ティリスがスノウに宣言した。

「騎士スノウに命じます！　絶対に手柄を挙げて、再び私を守る近衛騎士に戻りなさい！」

【中間報告】


以前報告した変な女は工作員でした。

一見するとバカっぽいのに実は凄腕《すごうで》だったみたいです。

その女一人のせいで、ティリスの評判がガタ落ちするわ、内乱が起きそうになるわ、バイパーちゃんが大怪我するわ、戦闘《せんとう》員十号が壁になるわで大変です。

ティリスと相談の結果、スノウが行った不正もソイツの工作という事になりました。

アリスが情報操作を行って、巨大魔獣を手懐《てなず》けているんだから砂の王もヒイラギが生み出した生物兵器に違《ちが》いないと、どんどん極悪《ごくあく》な組織に仕立て上げられています。

このままでは悪の組織であるキサラギの存在感が薄《うす》まってしまうと、危機感を覚えた俺達は、皆《みんな》で緊急《きんきゅう》会議を開いた結果——


秘密結社キサラギ、グレイス支部一同は、法制機関ヒイラギに宣戦布告を行うと共に、我々こそがこの星の支配者であるとここに宣言するものである。

報告者　戦闘員六号及《およ》び、現地戦闘員一同

最終章　悪党共の逆襲譚

1

アリスいわく、反撃作戦には準備が必要らしく、暫《しばら》くの猶予《ゆうよ》が与《あた》えられた。

何を企《たくら》んでいるのか知らないがアイツの頭は信頼している。

「そんなわけで、ちょっとトリスまで行ってくるよバイパーちゃん。俺がいない間寂《さび》しいだろうけど、ゲーム貸してあげるからここでゴロゴロしてるんだよ」

ここはバイパーに与えられたアジトの個室。

ベッドで横になるバイパーに、俺はリンゴを剥《む》きながら説明を終えた。

「ゲームはありがたいのですが、私も連れていってください。もう大丈夫です、心配を掛けてしまい申し訳ありません……」

そう言って起き上がろうとするバイパーにリンゴ皿を差し出しながら。

「バイパーちゃんは絶対そういう事言い出すだろうから、出撃前に麻酔《ますい》を掛けていくってアリスが言ってたよ。目の前に麻酔で動けなくなったバイパーちゃんがいたら、もう俺がどんな行動を取るか分かるよね」

「わ、分かりました、留守番していますから麻酔の必要はありません！　……あっ、この果物、剝いた形が可愛《かわい》いですね。六号さんはモケモケが好きなんですか？」

俺としてはウサギの形に剝いたつもりだったのだが、確かにこれモケモケだわ。

今度こそウサギをと思いリンゴを剝いていると、ふとドアがノックされた。

「バイパー様、お見舞《みま》いにうかがいました……って六号、バイパー様の寝室《しんしつ》まで溜《た》まり場にするのはやめろよな！　最近バイパー様が、お前の影響《えいきょう》を受け過ぎてて不安なんだよ！」

「……ハイネの言うとおりだよ六号。キミといるとバイパーがどんどんポンコツになっていってる気がするんだ。バイパーは魔族の希望なんだから、遊び相手にしないでよ」

ドアの外に立っていたのは元魔王軍幹部の二人組だった。

「おっ、何だコイツら。奴隷《どれい》ちゃんのクセにいっちょ前の口利《き》きやがって」

現在ハイネとラッセルは、持ち前の能力を使いデストロイヤーやアジト街の電力供給を賄《まかな》っている。

水精石が市場に溢《あふ》れた事によりいらない子と化したラッセルのため、水力発電所を設置した貯水場がアジト街に急遽《きゅうきょ》建設された。

また新たにエコでクリーンなエネルギー源が出来たと、アリスも大喜びである。

「あ、あの、六号さんと接するようになって、私そんなに以前と変わりましたか……？」

「最近のバイパーちゃんは以前より張り詰《つ》めた感じが無くなって、隙《すき》も多いし騙《だま》されやすいし、ちょっとアホっぽくて可愛いよ」

……涙目になったバイパーが布団《ふとん》を被《かぶ》って蹲《うずくま》る中、ハイネとラッセルがこいこいと手招きしてきた。

それに従い近付くと、二人は声を潜《ひそ》め。

（おい六号、バイパー様を怪我させた連中に逆襲するんだろ？　なら、アタシ達も連れてっておくれよ。仮にも元魔王軍幹部がこのまま大人しくしていられるか！）

（こないだの小競り合いでは、誰かさんに絞《し》め落とされたせいでボクもいいとこ無かったからね。今度こそ、魔王軍幹部の実力を見せてあげるよ）

どうやらコイツらはバイパーの仇討ちがしたいらしい。

「連れて行くのは構わないけどさ……。っていうか、そこでコソコソ隠《かく》れてるお前ら二人は何やってんの？」

俺とハイネ達のやり取りを、開かれたドアの陰《かげ》からソッと覗《うかが》うグリムとロゼ。

本人達は隠れているつもりだったのか、気まずそうに出てくると……。

「隊長と仲の良い泥棒猫《どろぼうねこ》が酷《ひど》い目に遭《あ》ったと聞いて嗤《わら》いに来たのよ！　フフッ、いい気味よ！　これに懲《こ》りたら人の男に粉を掛けない事ね！」

警戒《けいかい》を見せるハイネとラッセルに、嫌らしい笑みを浮かべてあざ笑う。

二人がギリッと歯を食い縛《しば》る中、ロゼが呆《あき》れた顔でツッコんだ。

「……うそだあ、お見舞いに行こうって言い出したのはグリムでしょ。それにグリムは、自分がアホな死に方したせいで、蘇生《そせい》の儀式《ぎしき》に時間を取られて参戦出来なかった事を随分《ずいぶん》気にして……ひたたた、痛い痛い！」

「相変わらず余計な事ばかり言うのはこの口かしら！　そこの泥棒猫は仕事に関しては優秀だから、怪我《けが》の程度が気になっただけよ！　大怪我でもされたら仕事に支障が出るからね！　……何よ、見世物《みせもの》じゃないわよ、見舞いの品はここに置いてくわよ！」

グリムは赤くなった顔を髪《かみ》で隠すと、同じく赤くなった顔を布団から覗《のぞ》かせたバイパーに、ツンデレみたいな事を言ってその場を去った。

――こないだ雑に死んでいたグリムだが、その理由が判明した。

何でも、俺がまた新たに若い女と出会った事で、二人目の泥棒猫の出現かと危機感を覚え、アデリーを呪《のろ》おうとしたらしい。

呪いの最中に気を失い、そして次に気が付くと蘇生の儀式が完了《かんりょう》していたのだとか。

だがグリムいわく、反動で死ぬほどの呪いは掛けていないとの事なのだが……。

と、その時。

「おっ、探したぞラッセル、こんな所にいたのか。ヒイラギとの戦いで、お前さんに重要な仕事をやろう。コレが終わったら後はノンビリしてくれればいいぞ」

随分と来客が多いバイパーの部屋に、今度はアリスが顔を覗かせた。

「ちょ、ちょっと待ってよアリス！　ボクも皆に付いてくから！　その仕事とやらはボクじゃないとダメなの？　お願いだから他《ほか》を当たってよ！」

今回はよほどバイパーの仇討ちがしたいのか、いつになく抵抗《ていこう》を見せるラッセルに、

「まあ、もげ朗《ろう》さんを動かして欲しいだけだから、別にロゼでもいいんだが……」

と、アリスが首を傾《かし》げて呟《つぶや》いた。

——今頃《いまごろ》になって、モグラ型巨大《きょだい》ロボこと、もげ朗さんの動かし方が判明した。

というかラッセルが普通《ふつう》に教えてくれたのだ。

　コイツは以前、遺跡《いせき》にあった巨大ロボを動かしたのだから別に知っていてもおかしくないが、散々起動方法を調べていたアリスに、知っているなら早く言えと折檻《せっかん》された。

「な？　俺の言った通りだっただろ？　こういう巨大ロボは気に入らない相手だと動かないし、搭乗《とうじょう》者を選ぶものなんだって。ズバリ、もげ朗さんの好みのタイプはちょっとロリが入った美少女だ。ラッセルも起動出来たのは、美少女にカウントされたんだろう」

「アニメやゲームじゃあるまいしそんなわけあるか、美少女に反応するなら自分が動かせないわけがねえだろ。……多分もげ朗さんを造ったのは、ロゼやラッセルを開発したのと同じ連中なんだろうな。ＤＮＡによる認証《にんしょう》システムとかそんなんで、味方にしか動かせないセキュリティが施《ほどこ》されているんだろうよ」

　もげ朗さんは頭の中のコクピットに関係者を押し込むと起動する事が判明した。

　しかし、美少女に反応する説が違うのなら……。

「ロゼとラッセルは過去の科学者達の遺産みたいなものだから分かるとして、バイパーちゃんにも反応したのは謎《なぞ》じゃないか？」

「この星の魔王《まおう》は、超《ちょう》文明を築いた科学者達からオーパーツの使用権限を与えられた、管理者みたいなものだったんだろう。リリス様のやらかしのせいで謎に包まれたが、概《おおむ》ね合っているはずだ」

俺にはそういった難しい事はサッパリだが、現状では切り札に近いデストロイヤーの代わりが出来たのは大きい。

なんせ向こうには巨大魔獣《まじゅう》が付いている。

デカい相手にはデカい兵器をぶつけるのがセオリーだ。

「なるほど。ラッセルに頼《たの》みたい仕事ってのは、もげ朗さんを操《あやつ》ってあの巨大にゃんこをやっつけるんだな？」

「いや、もげ朗さんを調べた結果、どうやら戦闘用じゃなさそうだ。それにもげ朗さんには、あの巨大ネコみたいな銃弾《じゅうだん》反射能力が付いていない。真正面から戦いを挑《いど》んでも銃火器の的にされて終わりだろうさ」

向こうにも、ロケットランチャーに似た高威力《こういりょく》の火器ぐらいありそうだもんなあ。

「あの巨大ネコはマタタビ散布でどうにでもなる事が分かったからそこまで脅威《きょうい》じゃない。そして今回はこっちも銃火器を装備した連中がいるんだ、向こうも簡単には動けないだろう。……そこでお前にやって欲しい事がある」

「や、やだよ、何をさせる気か知らないけれど、今回はボクも戦いたいんだ。元魔王軍幹部としての実力を……」

駄々《だだ》を捏《こ》ねるラッセルに、ロゼがしょうがないなあと言いながら。

「それじゃあ、あたしがもげ朗さんに乗りますよ。ラッセルさんは弱っちくてもあたしと同族なんですから、たまには良いとこ見せてきてください」

「同族のキミまでボクを弱っちいとか言うのはやめろよ！　これでも元幹部なんだって！」

2

ロゼとアリスがもげ朗さんを使って何やらコソコソしている間に時は過ぎ、トリスへ侵《しん》攻《こう》する日がやってきた。

乾燥《かんそう》することの多いこの辺りにしては珍《めずら》しく、空には真っ黒な雲が立ち込めていた。

アジトの演習場の高台で、俺は拡声器にがなり立てる。

『モブ戦闘《せんとう》員の諸君、今日は暇《ひま》なところをよく集まってくれた！　我々《われわれ》の最終目標はこの星の侵略だが、それを阻《はば》む敵が現れた！　これは非常に由々しき事態であり、このままでは侵略計画に支障がきたされ……』

「うるせえ、お前はバカのクセに話が長《なげ》えんだよ！　とっとと要点だけを言え！」

「つーか誰《だれ》がモブ戦闘員だ、ぶっ殺すぞ雑魚《ざこ》戦闘員が！」

「暇なところをよく集まってくれたとか、お前一々煽《あお》るんじゃねえ！」

俺のありがたい演説が十人近いモブ達の罵声《ばせい》で中断された。

今この場にいるのは、古くからの付き合いである地球から来た戦闘員達とアリスのみ。

『俺はここでは偉《えら》いんだぞ！　お前らの上司みたいなもんなんだから口の利き方に気を付けろ、このクソ雑魚共が！』

「コイツ、高い所から見下しやがって！　おい、このバカを引き摺《ず》り下ろせ！」

「バカだから高い所に登りたがるんだよ、誰か石でも投げ付けてやれ！」

気の短い同僚《どうりょう》達がこぞって投石を始めてくるが、俺の演説はバカには難しかったようだ。

『石を投げたヤツは最前線で戦わせるからな！　アリスから告知があった通り、今からヒイラギとかいう連中に喧嘩《けんか》を売るから、お前らも参戦しろって言ってんだ！』

「最初からそう言えばいいんだよ！　バカのクセに難しい事言おうとするな！」

「テメーも最前線に来るんだよ！　戦う事以外でお前に出来る事なんてないだろうが！」

……コイツらもう許さねえ、ヒイラギの前にぶっちめてやる！

「さっきから人をバカバカ言いやがって、お前らも俺と変わらない学歴だろうが！」

「ああ!?　お前どこ高だよ、俺は地元で有名な進学校を受験した事があるんだぞ！」

その場に拡声器を放《ほう》り出し、同僚の一人と取っ組み合いを始めた俺に代わって、アリスが高台によじ登った。

『そのまま喧嘩しながらでいいから聞いておけ。これより一部の戦闘員で、法制機関ヒイラギ、仮称《かしょう》トリス支部へ侵攻する。先日、自分達はグレイス王国と共に敵戦力と軽く交戦してみたが、敵の装備はお前達とそれほど変わらず、戦闘車両や銃火器を所持していた』

銃火器を所持と聞いて、取っ組み合っていた同僚が、遊んでる場合じゃないとばかりにシリアス顔で動きを止めた。

「本当に銃まで持ってやがるのか……。はぶっ!?　お、お前……！」

深刻そうに呟く隙だらけの同僚に拳《こぶし》を食《く》らわしている間も、アリスの説明が続けられる。

『敵勢力の戦闘技術もかなりのもので、ヒーロー特有の巨大ロボはまだ確認されていないが、代わりに巨大魔獣を手懐《てなず》けている。まあ、言っちまえば地球のヒーロー並みの敵だ。ちょっとシャレにならねえ相手だし、今回に限って言えば参戦は強制しないぞ』

不真面目《ふまじめ》な戦闘員達がいつの間にか聞き入る中、アリスが淡々《たんたん》と続けて言った。

なんだよ、日頃俺達戦闘員の命の値段なんて一山いくらみたいに言ってるクセに。

俺はアンドロイドのクセに冷酷《れいこく》になりきれない、ツンデレな相棒に。

「お前はおりこうだと思っていたが、まだ俺達の事を理解出来てないみたいだな。おう、みんなコイツに言ってやれ！」

同僚達を煽ってやると、全員揃《そろ》って野次《やじ》を飛ばした。

「おうチビ、俺達を舐《な》めるんじゃねえぞ！　ヒーロー並みの戦力がどうしたってんだ、ヒーローが怖《こわ》くて悪の組織の戦闘員がやってられるか！」

「俺達の仕事が何か知ってるか？　戦う事で飯食ってるんだよ！」

「バイパーさんとおっぱいさん、あとラッセルちゃんもやられたって聞いたぞ！　貴重な綺麗《きれい》どころをやられて黙《だま》ってられるか！」

「お前はいつもみたいに命令すればいいんだよ、一山いくらの戦闘員なんざ消耗《しょうもう》品だってな！　それでも俺達は生き残るけどな！」

口々に叫《さけ》ぶ同僚の姿に、アリスが少しだけ嬉《うれ》しそうに。

『お前らは本当にバカで単純で扱《あつか》いやすいな。でも自分が聞いた話だと、バカは風邪《かぜ》もひかないしなかなか死なないそうだ。だからお前らはずっとバカのままでいてくれよ。……それじゃあ、各自に作戦任務を伝えるぞ！』

アリスの言葉に同僚達が、一際《ひときわ》大きな歓声《かんせい》を上げた——！

『——今回に限っては妙《みょう》な小細工は無しだ。街に入るまでは隠密《おんみつ》行動をとるが、基本は真正面からのゴリ押しでいく。全戦闘員は、持てる悪行ポイントを全《すべ》て使って最新の装備で武装しろ。そして、スノウやグリム、元魔王軍組と共に侵攻を開始。戦闘服がある分お前らは堅《かた》いんだから、敵勢力が現れたらちゃんと弾避《たまよ》けになるんだぞ。五人までなら死んでもいい、それ以上の被害《ひがい》が出たら退却《たいきゃく》を許可してやる』

「俺達完全に盾代《たて》わりじゃねーか！　さっきまでのいい雰囲気《ふんいき》は何だったんだよ！」

「五人までなら死んでもいいとか、もっと条件を緩《ゆる》くしろ！」

「お前は優秀《ゆうしゅう》なアンドロイドじゃなかったのかよ、もっといい作戦出せよ！」

　コイツもようやく人の心を分かってきたかと思ったが、どうやら気のせいだったらしい。

　危険そうな最前線部隊に入ってない俺は、同僚達に罵声を浴びせた。

「うるせえぞ、ピーピー騒《さわ》ぐんじゃねえ！　アリスが賢《かしこ》いのは分かってるだろ、いい加減コイツを信じろ！　……で、俺は何をすればいい？　コイツらが時間を稼《かせ》いでる間に俺が格好良く決めるんだろ？」

　アリスは高台から下りてくると。

「お前さんも自分と一緒《いっしょ》に最前線だよ。言ったろ？　今回は妙な小細工しないって」

　ちょっと何を言ってるのか分からない。

「待てよ、向こうには銃弾を跳《は》ね返す巨大にゃんこがいるんだぞ？　なら連中はにゃんこを盾にしてくるだろ。そんな相手と真正面から銃撃戦《じゅうげきせん》だなんて、高確率で死ぬじゃんか」

「大丈夫《だいじょうぶ》だ、高性能な自分を信じろ」

信じろも何も正面突破《とっぱ》だとか意味分かんない。

「リリス様みたいに悪行ポイントで航空機を送ってもらうとか！　そんで爆撃《ばくげき》でもするとか、何か色々あるんじゃないのかアリスさんよお！　なあ、お前はもっと賢いはずだろ！」

「どいつもこいつも悪行ポイントの無駄遣《むだづか》いが酷《ひど》くて、そんな高価な代物《しろもの》は呼べねえよ。いつも言ってるだろ、人の嫌《いや》がる事は自分から進んでやれって」

「やってるよ、毎日楽しくセクハラしてるよ！　ちくしょう、やればいいんだろ！　キサラギで最もしぶとい男と呼ばれた、俺の力を見せてやるよ！」

そう言ってアリスに開き直ると、俺は日本から装備を取り寄せるべく――

3

アジト街の傍《そば》に広がる荒野《こうや》の上で、スノウが頭上を見上げてポカンとしていた。

「ねえロゼ、いい加減私にも触《さわ》らせて！　独り占《じ》めはズルいわよ！」

その巨大《きょだい》さ故《ゆえ》に固まるスノウをよそに、グリムがキャンキャンと喚《わめ》くのを、もげ朗さんの頭上によじ登ったロゼがご満悦《まんえつ》で見下ろしている。

「この子はあたしの手下になったので、グリムでも乗せてあげられません」

「なんでよ、それを直したのはアリスだし、動かし方を教えたのはラッセルでしょう⁉　ロゼは何もしていないじゃない！」

俺達が見上げるもげ朗さんの頭上では、よじ登ろうとするグリムに対し、ロゼがパリパリと電気を放って妨害《ぼうがい》していた。

「どうして私を登らせないのよ、いいじゃないちょっとぐらい！　ロゼがそこにいる間は、私にもソレを動かせるんでしょう⁉」

「あたしにしか動かせない専用機の方が、何だか格好良いんだもん。だから、ここは誰にも譲《ゆず》らないよ。それよりグリムは今回の作戦で何するの？　普段《ふだん》からあまり活躍《かつやく》がパッとしないんだから、たまには目立った方がいいと思うよ」

「あらあら、この子も随分《ずいぶん》毒を吐《は》くようになったわね！　今回の作戦では重要な任務を請《う》け負っているわ。むしろ、私が主役みたいなとこがあるからね！」

今回の作戦では、グリムがトリスを呪《のろ》う予定である。

そう、人ではなくトリスそのものだ。

トリスという国全土を呪い、強大な爪痕《つめあと》を残すつもりらしい。

通常であれば、こんな大規模な呪いが成功するわけないのだが……。

「魔族《まぞく》達による魔王バイパーへの想《おも》いは、ちゃんと私が受け取ったわ……」

もげ朗さんによじ登るのを諦《あきら》めたのか、車椅子《くるまいす》に戻《もど》ったグリムが大切に膝上《ひざうえ》に抱《だ》いているのは、アジト街にいる魔族達から預かった思い出の品々だ。

怪我《けが》を負わされたバイパーのため一矢《いっし》報《むく》いてくると伝えたところ、ほぼ全ての魔族からとっておきの品が持ち込まれた。

「どれもこれも並々ならぬ気持ちが籠《こ》もった思い出の品ばかり。これほど大事にしていた物を惜《お》しげもなく手放せるだなんて、あの娘《こ》ときたらよほど皆《みんな》に愛されていたのね。ああ、妬《ねた》ましい……。憎《にく》い、あの女の人気が憎いわ！」

「こ、こらっ、呪う相手が違《ちが》うだろ！　呪いを振《ふ》り撒《ま》くのはまだ早い！」

まあ、トリス全土を呪うとはいえ、命に関《かか》わるようなものではないのだが……。

――と、ユニコーンに跨《また》がったまま、もげ朗さんを見上げていたスノウが言った。

「どうやら準備が整ったようだな」

今日のスノウはいつになく気合いの入った表情を浮《う》かべ、腰《こし》に二本の魔剣《まけん》を下げて、更《さら》には背に刀を背負っている。

二本の魔剣はよく使っているフレイム何とかにアイス何とか。

背中の刀は怪人《かいじん》トラ男に貰《もら》って以来、お気に入りになった一振りだ。

それだけあってもまだ足りないのか、ユニコーンの鞍《くら》の横には、俺が見た事のない何本もの魔剣が鞘《さや》に収められたまま下げられていた。

今日は全員がガチモードだ。

同僚達は最新装備に身を固め、全員が高価な光学迷彩《めいさい》を着用している。

魔族達から思い出の品を巻き上げたグリムはもちろん、もげ朗さんに乗ったロゼもいつになくやる気な様子だ。

メイド服を脱《ぬ》いだラッセルは俺達と出会った頃の服に身を包み、そしてハイネが魔導石をもてあそびながら目付きを鋭《するど》くさせている。

そんな中、普段と変わらない装備の俺は、同じくいつもの格好のアリスに言った。

「みんなやる気みたいだし、俺要《い》らないんじゃないのかな」

「お前はここの支部長だろうが。いい加減諦めろ」

緊張感《きんちょうかん》のない俺とアリスに、スノウがふと苦笑《くしょう》を浮かべ。

「お前達はこんな時ですら変わらないな。思えば魔王軍に城に攻《せ》めて来られた時もそうだった。決戦前夜にもかかわらず、私に憎まれ口を叩《たた》いたりして……」

あの時の事を思い出したのか、懐《なつ》かしそうな顔で遠い目を……。

『なあアリス、コイツいきなりどうしたんだ？　今日に限っておかしくねえ？　なんか死亡フラグが立ちそうなんだけど』

『今回の相手は、ウチの戦闘《せんとう》員ですら当たりどころが悪いと死ぬからな。魔王軍以上の強敵だから覚悟《かくご》を決めたんだろう。ちょっと脅《おど》し過ぎたかなあ……』

これから行われるのは、いわばお礼参りのカチ込みだ。

俺達は悪の組織だ、舐められたままではいられない。

「魔王バイパー、見ているか……？　お前が守った魔族達は、あんな連中の好きにはさせない。だから、どうか安らかに……」

そんな事を呟《つぶや》きながら曇《くも》った空を見上げるスノウだが、バイパーちゃんは部屋でゲームしてるよなんて、今さら言えない。

——と、その時、アリスが携帯《けいたい》していた無線機に偵察《ていさつ》部隊からの連絡《れんらく》が入った。

無線から漏《も》れ聞こえてくる声は、トリスの前には相変わらず巨大ネコが守護するように陣取《じんど》っている事を伝えてくる。

敵兵の姿は見えず、ネコさえ気にしなければ強襲《きょうしゅう》も可能との事だった。

報告を受けたアリスが皆に告げる。

「ヒイラギだか何だか知らねえが、この地に先に目を付けたのはキサラギだ。相手が正義の使者を名乗るなら、お前らは堂々と悪を名乗れ！　攻め込むための大義名分なら作っておいたから、後はぶちのめすだけでいい！」

そう、俺達は悪の組織の戦闘員にして侵略《しんりゃく》者。

本来であれば俺達は、戦争を吹《ふ》っかける事への耳心地《みみごこち》の良い建て前も、良心の呵責《かしゃく》や葛藤《かっとう》を誤魔化《ごまか》してくれる大義名分も必要ない。

戦う事だけが取り柄《え》の同僚《どうりょう》達が、生き生きした顔で笑う姿に。

『行くぞお前ら、侵略だ！』

『『『『『『ヒャッハー！』』』』』』

アリスが楽しげな笑《え》みを浮かべながら、拳《こぶし》を突《つ》き上げ宣言した——！

4

「今夜はやけに冷えないか？　いつもは暑くて寝苦《ねぐる》しいのに、一体どうしちまったんだ？」

「たまにはそんな日もあるだろうさ。地上は気温が安定しないのが一番の欠点だなぁ……」

そんな言葉を交《か》わすのは、外壁《がいへき》上に併設《へいせつ》された見張り小屋前に立つ、二人の兵士。

「……あれっ？　おい、雨だぞ！　まさかこの辺りに雨が降るなんて……」

「勘弁《かんべん》してくれよ、精密機器が濡《ぬ》れちまう……。俺もトリスに住む地上人みたいに薄着で生活したいところだな。……おい、今遠くで何か聞こえなかったか？」

気怠《けだる》げな表情を浮かべた兵士が、何かの機械に雨除《あまよ》けカバーを掛《か》けながら、何かに気付いて声を上げた。

そして――

「うおっ！」

「雷《かみなり》かよ！　おいおい、これって嵐《あらし》になるんじゃないか？」

雷光《らいこう》が迸《ほとばし》り、その後一拍遅《いっぱくおく》れて聞こえてきた轟音《ごうおん》に、二人の兵士が耳を塞《ふさ》ぐ。

やがて兵士の言葉通りパラパラと雨が降り始め、それはあっという間に豪雨《ごうう》となって辺りの音を掻《か》き消した。

雨に濡れた兵士達が大慌《おおあわ》てで小屋に飛び込む中――

（こちら戦闘員六号、見張りは一時的に中に引っ込んだ。音を立てたヤツは誰《だれ》だ。雷が落

ちなかったらヤバかったぞ、オーバー）

インカムで状況《じょうきょう》を報告すると、あらためて周囲を警戒《けいかい》する。

俺はトリスの城下街を守る外壁と正門の傍で、光学迷彩を使って潜《ひそ》んでいた——

（こちらアリス。音を立てたのはグリムだ、今日は裸足《はだし》な上に歩き慣れていないせいで転びやがった。巨大ネコに気付かれてないか？　見付かったらマタタビ粉を撒いて逃《に》げるんだぞ。あと、光学迷彩は被《かぶ》ってるか？　アレはカッパ代わりにもなる。雨が強いからちゃんと被っておくんだぞ、じゃないと風邪《かぜ》引くからな、オーバー）

細かいとこまで気にしやがって、オカンかお前は。

（大丈夫、嵐のおかげでまだ気付かれていない。巨大ネコは雨に打たれながら縮こまって震《ふる》えている。……どうしよう、拾ってやりたくなってきた……）

（キメラ二匹《ひき》に戦闘員まで飼ってんだぞ、これ以上増えても面倒《めんどう》なんて見きれねえよ）

俺達をペット扱《あつか》いするんじゃねえ。

（この豪雨は姫《ひめ》さんが体を張って呼んでくれた恵《めぐ》みの雨だ、チャンスを活《い》かすぞ。今のうちに全員近付けさせる。敵が見張りを再開したら合図をくれ。オーバー）

（ああ、ティリスがあそこまでやってくれたんだ、絶対に無駄にはさせない。オーバー）

そう、この嵐はティリスが引き起こしたものだ。

といっても、嵐を呼ぶ魔法を唱えたわけじゃない。

トリスへの出撃《しゅつげき》直前に、アジト街の魔族を引き連れ、城に押し掛けて依頼《いらい》したのだ。

魔族達の目の前で、例の祝詞《のりと》を唱えてくれ、と。

雨を降らせるアーティファクトには使用の際に条件がある。

大勢の民《たみ》が見守る前で、王族がアーティファクトに祝詞を捧《ささ》げるというものだ。

アリスの推測によると、祝詞を捧げるのが王族限定なのは、悪用を防ぐためＤＮＡ認証《にんしょう》システムが備わっていて、民が見守る前でという条件は、降雨装置を起動するのに周囲の人間から魔力を集めているのだろうとの事だ。

つまり、ティリスにアレを叫《さけ》んでもらったのだ。

自国民の前で唱えるのは絶対嫌《いや》だと駄々《だだ》を捏《こ》ねたので、妥協《だきょう》して口の堅《かた》い魔族を選定して連れて行ったのだが……。

（しまった、叫ぶティリスをデジカメで撮《と》っときゃ良かった！）

（自分が録画してあるから安心しろ。でも姫さんもいいとこあるじゃねえか。スノウのためにヤケクソになって叫ぶ様はバカっぽいけど格好良かったぞ）

トリスに命《いのち》懸《が》けの潜入《せんにゅう》工作を行うため、とびきりの雨を降らせて欲しいとスノウが頼《たの》み、ティリスは渋々《しぶしぶ》受け入れたのだ。

……と、暗闇《くらやみ》の中から何かが近付いてくる気配を感じた。

バシャバシャというぬかるみを蹴《け》る音で、俺は皆が着いたのを確信する。

（よーし、全員揃《そろ》ったか？　光学迷彩のおかげで居るのか分からん。全員点呼！）

（ロゼとスノウを除く全員で手を繋《つな》いできたから大丈夫《だいじょうぶ》だよ。今もちゃんとここに居る）

（何だよ、皆して随分《ずいぶん》仲良しじゃないか。……っていうか、もげ朗さんに乗ったロゼは分かるが、スノウはどうした？）

アリスと囁《ささや》き合っていると、疑問に答えるように闇の中から白いものが現れた。

こちらの姿が見えない事で、ユニコーンに跨がったスノウが、ずぶ濡れで泣きそうな表情を浮かべてキョロキョロしている。

光学迷彩では大きな馬体を覆《おお》いきれなかったのか……。

（街の中に入るまでは隠密《おんみつ》作戦の予定だったはずなのに、どうすんだコイツ）

（しょうがねえ、スノウは離《はな》れた場所で待機だな）

……そう言ってアリスが指示を出そうとするが、ふと思い付く。

俺はスノウの傍《そば》に近付くと――

（ヒッ!?　い、今何者かが私の尻《しり》を……!?　こ、こらっ、誰だ胸を触《さわ》ったのは！）

《悪行ポイントが加算されます》《悪行ポイントが加算されます》

早くも脱落《だつらく》する事に文句を言おうかと思ったが、悪行ポイントに免《めん》じて赦《ゆる》してやろう。

俺はあらためて外壁の上に設けられた見張り小屋に視線を向けると、

（おいこら、止《や》めろ！　尻を触っているのは六号だろ⁉　や、やめっ……！）

……どうやら俺と同じ事を考えたヤツがいるようだ。

悪行ポイントを稼《かせ》ぐなら、もうちょい静かにやってくれ。

（六号、貴様いい加減に……！　ちょ、ちょっと待て、手が多いぞ！　セクハラしているのは一人じゃないな！）

とうとう堪《こら》えきれなくなったのか、スノウが剣《けん》を引き抜《ぬ》いた。

「私に触《ふ》れたヤツらは名乗り出ろ！　お触り料を徴収《ちょうしゅう》してやる！」

「そこで騒《さわ》いでいるのは誰だ！　……貴様、こんな時間に何をしている！」

「ユニコーンはグレイス王国の軍用馬だ！　侵入者だ、警報を鳴らせ！」

見張り小屋から飛び出してきた二人の兵士が、スノウを見付けて誰何《すいか》する。

激しい雨が降り注ぐ音に混じり、甲高《かんだか》いサイレンの音が響《ひび》き渡《わた》った。

「スノウめ、ドジ踏《ふ》みやがったな！　バレちまったもんはしょうがねえ！　お前ら行くぞ、正面突破《とっぱ》だ！」

「「「「乗り込めえ！」」」」

「私の失態扱いにされるのは納得《なっとく》いかんぞ！　触ったヤツらは全員見付けてやるからな！」

アリスの上げた号令の下、光学迷彩《めいさい》を脱《ぬ》ぎ捨てて、俺達は兵士に襲《おそ》い掛かった——！

【——敵襲！　敵襲！　現在、謎《なぞ》の軍勢が街に侵入し破壊《はかい》活動を行っている模様！　民間人は戸締《とじ》まりをして家から一歩も出ないように！　繰《く》り返す……】

トリスの城下街にそんなアナウンスが響き渡った。

街中に散った同僚達が、派手に暴れているようだ。

本来の作戦では、敵に見付かるまではまとまって行動する予定だったのだが、これも臨機応変というヤツだ。

「ハイネとラッセルは兵士の詰《つ》め所を襲撃してこい。敵と遭遇《そうぐう》したら民間人の建物を背にして戦うんだぞ。仮にも正義を自称する連中だ、そうすれば銃火器《じゅうかき》類は使えないはずだ」

「つまり、住人の家を盾《たて》にするって事か……。いや、いいんだけどね。どうせアタシ達も元魔王軍で魔族だし……」

俺は、ハイネに指示を出すアリスの横で。

「いいか六号、こんな機会は滅多《めった》にないんだ！　目の前に貴族専門の高級店が立ち並んでいるのだぞ!?　ここは敵地のド真ん中だ！　この辺りの店を焼き討《う》ちすれば、経済にダメージを与《あた》えられるのだぞ！」

「それについては認めるけど、お前の場合は金品強奪《ごうだつ》が目的だろ！　率先《そっせん》して火事場泥棒《どろぼう》とか、この国の騎士《きし》はどうなってんだ！　お前絶対騎士じゃねーだろ！」

火事場泥棒を働こうとする元騎士を、ドン引きしながら引き留めていた。

「お前、バイパーちゃんの仇討《かたきう》ちに燃えてたのは何だったんだよ！　他《ほか》の連中もアレにはちょっと感動してたんだぞ！　俺達の気持ちを返せ、この野郎《やろう》！」

「それはそれ、これはこれだ！　何ならお前も一緒《いっしょ》に来るか？　ほら、あそこに宝石商とおぼしき店があるぞ。あそこはお前に譲《ゆず》ってやるから隣《となり》の武器屋は私に譲れ！」

とんでもない事を言い出した騎士キャラがユニコーンの背に積んでいた袋《ふくろ》を取り出す。

……こいつ、ユニコーンを連れてきたのは金品を運び出すためじゃないだろうな。

もうスノウの事は諦《あきら》めようかと迷っていると、想《おも》い出の品々が入った袋をサンタクロースのように背中に背負い、愉悦《ゆえつ》の笑みを浮《う》かべたグリムが言ってきた。

「隊長、私の方はいつでも呪《のろ》う準備が出来てるわよ！　いえ、もうちょっと街の中心部に向かった方がいいかしら？　ウフフフッ、トリス中のカップル達に、素敵《すてき》な出会いが訪《おとず》れる呪いを掛けてあげるわ！　これなら呪いの反動が来る度《たび》私に幸せが訪れる！　しかも呪いを掛けられたカップル達は、素敵な出会いの訪れに破局する人が続出するのよ！」

「止めろ、魔族《まぞく》達の想い出の品をそんなくだらない事に使うんじゃない！　お前に掛けて貰《もら》う呪いはもっと別のヤツだろうが！」

　ここは敵地のド真ん中のはずなのに、どいつもこいつも緊張感《きんちょうかん》の欠片《かけら》もない！

「ハハハハハハハ！　今こそ人間共に、魔族の恐《おそ》ろしさを思い知らせてやるよ！　行くよラッセル、トリスの街を火の海にしてやろう！」

「いいよ、人類はボクのオモチャだって事を、彼らに思い出させてあげるよ。ハイネが燃やし尽《つ》くしたその後は、ボクが綺麗《きれい》に押し流してやろうじゃないか！」

　興奮気味のハイネとラッセルが詰め所を襲撃《しゅうげき》するべく駆《か》け出していく。

「誰がそこまでやれって言った、兵士達の詰め所を襲えって言ってんだ」

　その後ろ姿を見送りながら、俺は指示を出していたアリスに語りかけた。

「キサラギって結構まともなヤツが多かったんだな。この星の連中はとんでもねえぜ」

「お前さんの周りの連中がおかしいだけだよ。類は友を呼ぶってヤツだ」

　雨の音に紛《まぎ》れて遠く爆発《ばくはつ》音が響く中、スノウとグリムの首根っこを掴《つか》んだ俺は、城を襲撃するべく歩を進め——

　城へと続く大通りに、見知った顔を見付けて足を止める。

「あ、あなた達……。邪悪《じゃあく》な連中だとは思っていたけど、まさかここまでやるとは思わなかったわ……」

そこには、雨に濡《ぬ》れた髪《かみ》もそのままに、アデリーが呆然《ぼうぜん》とこちらを見詰めていた。

5

未《いま》だ呆然と突《つ》っ立っているアデリーに俺は指を突き付け言い放つ。

「何を他人事《ひとごと》みたいに言ってやがる。この騒ぎの元凶《げんきょう》はお前だろうが！」

「わわわわ、私!?　貴方《あなた》は何を言っているの!?　私の普段《ふだん》の善行が、どうしてトリスの城下街でのテロ活動に繋がるのよ!?」

不意討ちを食《く》らった顔のアデリーが、今さらになってすっとぼけた事を言い出した。

さすがに今の発言は聞き流せなかったらしく、スノウがユニコーンに飛び乗り剣を抜く。

「この期《ご》に及《およ》んで舐《な》めた事を！　グレイス王国での数々の悪行を今さら無かった事に出来ると思うなよ！　私達がここに居るのは、貴様らの宣戦布告を受け取ったからだ！」

「本当に何を言っているの!?　宣戦布告って何よ、私そんなの知らないわよ！」

まあ確かに今のところ、文書や使者を送られて宣戦布告をされたわけじゃない。

だが……。

「貴方がグレイス王国で内乱工作を仕掛《しか》けた事は、とっくに把握《はあく》済みなのよ。それだけならまだしも、魔獣《まじゅう》をけしかけた上での侵略行為《しんりゃくこうい》は戦争行為以外の何物でもないわ」

「内乱工作!?　私、そんなの知らないし、魔獣をけしかけたって何の事!?」

グリムに自らの犯行を突き付けられるも、アデリーは当然の事ながらそれを認めない。

そんなアデリーに業《ごう》を煮《に》やしたのか、ショットガンを構えたアリスが言った。

「今さらになってとぼけやがって。もちろんコレって証拠《しょうこ》はないさ。そりゃそうだ、工作員が証拠を残していくわけもないからな。でもな、ウチは悪の組織で鳴らしている秘密結社キサラギだ。お前さんがやったと思えば、そこに証拠なんて必要ねえ。それに……」

と、俺はアリスの前に片手を出して遮《さえぎ》った。

悪いね、バイパーの遊び相手として、それは俺に言わせてくれ。

「それに、毎日寝《ね》る間も惜《お》しんで働いてるウチの上司があれだけ手酷《てひど》くやられたんだ。秘密結社キサラギ、グレイス支部の一同がそりゃあもうカンカンよ。やられた以上はやり返す。お前らが何者なのかはどうでもいいんだ。これはお礼参りでカチ込みだ！　お前をぶっ倒《たお》して拉致《らち》ったら、バイパーちゃんに土下座させてやる！」

「本当に何の事だかサッパリだけど、貴方達が悪だって事だけは理解したわ！　私は法制機関ヒイラギ使徒、《救済の鈍色《にびいろ》》こと、アーデルハイト・クリューゲル！　たったこれだけの人数で勝てるとは思わないでね、ロクゴー！」

アデリーの宣言を皮切りにスノウがユニコーンの腹を蹴る。

濡れた石畳《いしだたみ》にもかかわらずグリムがその場に膝《ひざ》を突き、空を見上げて両手を組んだ。

「ロクゴーじゃねえ、俺は秘密結社キサラギ社員、戦闘《せんとう》員六号だ！　お前の事をヒーローだと認めてやるよ。戦闘員がヒーローと戦う時は数を揃えて襲い掛かるのがセオリーだ、だから悪く思うなよ！」

そう言って、土砂降《どしゃぶ》りの雨の中を駆け出しながら、

「ヒーローはくたばれやあああああああああああ！」

俺が奇声《きせい》を上げると共に、アリスが先制のショットガンをぶっ放した！

アリスの武器を見た時点で警戒《けいかい》を強めていたのか、アデリーが顔の前に両腕《りょううで》を交差させただけで飛び来る散弾《さんだん》を凌《しの》ぎきる。

一足早くアデリーの下《もと》に殺到《さっとう》したスノウが吠《ほ》えた。

「グレイス王国騎士団隊長、スノウ！　逆賊《ぎゃくぞく》アデリーの首、貰い受ける！」

「悪代官のクセに、私を逆賊って言うのはやめて！」

バカな返しをしながらも、アデリーは馬上から振《ふ》り下ろされた炎《ほのお》の魔剣を、小手の部分

で受け止めた。

炎の熱さを物ともせずにアデリーが魔剣を摑み取ると、それをアッサリと手放したスノウが、鞍《くら》に下げていた剣を抜き放ちざまに斬《き》り掛かる。

摑んでいた魔剣を捨ててバックステップで身を躱《かわ》すアデリーに、スノウが手にしていた剣を投げ付けながら、腰《こし》に下げていた氷の魔剣を引き抜いた。

首を横に傾《かたむ》けるだけで投げ付けられた剣を躱すアデリーに、魔剣を構えたスノウがユニコーンの腹を蹴《け》る。

……ほんの僅《わず》かな攻防《こうぼう》で、アデリーの実力が相当な物である事をあらためて理解した。

ここは敵地のド真ん中で、今も兵士達が辺りを駆け回っている。

——このまま長引けば不利になる。

俺は激戦を繰り広げるスノウとアデリーの下へと駆けながら。

「制限解除——！」

《戦闘服の安全装置を解除します。よろしいですか？》

叫《さけ》びながら駆ける俺の後ろで、アリスがインカムに向けて呼び掛けた。

「全《すべ》ての戦闘員に告ぐ。こちらアリス、敵城への潜入《せんにゅう》困難にて、これより作戦モゲローへと移行する。破壊活動及び攪乱《かくらん》は切り上げて、至急撤退《てったい》の準備を始めろ」

《安全装置の解除を行うと、一分間の制限解除行動後……》

と、そんなアナウンスの警告に被《かぶ》せるように、グリムの嬌声《きょうせい》が轟《とどろ》いた。

「来たわ、来たわよ、凄《すご》いのが！　かつてない程《ほど》の人々の想いと、強大な神の力を感じるわ！　偉大《いだい》なるゼナリス様、この大地に災《わざわ》いを！　この地の住人に絶望を！」

「あのクレイジー過ぎる女は一体何⁉　太古の悪霊《あくりょう》か何かなの⁉」

いつになく気合いの入ったグリムの祈《いの》りにさすがのアデリーもドン引きだ。

　もちろん俺だってドン引きだ。

「この地で暮らす住人達よ！　三日三晩、オークに好かれる悪夢に苛《さいな》まれるがいい！」

かつてない程の強烈《きょうれつ》な呪いのためか、足下で小さな地《じ》揺《ゆ》れが起こる。

《安全装置を解除します。キャンセルする場合はカウントダウン中にキャンセルを……》

呪いをかけられた一人である、アデリーの鎧が一瞬輝くと共に呪いを放ったグリムがなぜか死に、アリスがテキパキと亡骸《なきがら》を回収した。

　背中の刀に手を掛けたスノウに向けて、身を低くしたアデリーが掌底《しょうてい》を放った、その時だった。

《9……8……》

先ほどよりも大きな地揺れに、スノウを一撃で下したアデリーが戸惑《とまど》いを見せる。

「トリスで地震《じしん》が起きるだなんて……。突然《とつぜん》の嵐《あらし》といい、今夜は何だかおかしいわ！」

後少しでアデリーの下に着くと思われたその瞬間《しゅんかん》、強烈な地揺れと共に、トリスの市街地に敷《し》かれたアスファルトがメリメリと音を立てて引き裂《さ》かれていく。

大地に開けられた大穴から這《は》い出たもげ朗さんは、

『PYAAAAAAAAAAAAAAAAA！』

稲光《いなびかり》を背に金属が軋《きし》むような鳴き声を上げながら、トリスに巨大《きょだい》な姿を現した。

「な、なな……何なのコレ……！　フォルムは砂の王ソックリだけど、まさかモグラ型の巨大ロボット⁉」

《5……4……》

もげ朗さんに気を取られていたアデリーが、俺の接近に気付いて身構える。

「あの巨大ロボットも貴方の仕業《しわざ》ね。ここはトリスの中心部、これだけ目立つ目印があればすぐに応援《おうえん》が駆け付けるわ。あの巨大ロボットは、応援の兵士の協力があればどうにか出来る。なら……」

《2……1……》

アデリーは両腕を顔の前でクロスさせ、ゆっくりと息を吐《は》き出した。

それに伴《ともな》い周囲に静電気のような光が帯電を始め……！

「行くわよロクゴー！　ひっさあああーつ！」

《――戦闘服の安全装置を解除しました》

アデリーがクロスさせた両腕を引いて腰に溜《た》め、気合いと共に突き出した。

「鈍色の雷鳴《らいめい》――ッッッ！」

「六号キイイイイィック！」

安全装置を解かれた俺は、走る速度を加速させ勢いのままに飛び蹴りを放つ。

突然《とつぜん》の加速に目を見開き、アデリーの反応が一瞬遅《おく》れる。

凄《すさ》まじい電気を帯びた青い拳《こぶし》が届く寸前、ダンプトラックが衝突《しょうとつ》したような轟音《ごうおん》と共にアデリーが吹《ふ》っ飛んだ――！


「――おう六号、コイツまだ意識があるぞ。ありゃあヒーローですら死んでもおかしくないレベルの威力《いりょく》だったのに、この鎧《よろい》はどうなってやがる」

地面に転がるアデリーにペタペタと触《ふ》れていたアリスが言った。

そのままナノマシンを打ち込んだ様子から、意識はあっても危険な状態だったのだろう。

「なんせ飛び蹴りは、数多《あまた》の怪人《かいじん》が葬《ほうむ》られた恐《おそ》るべき必殺技《わざ》だからな。むしろコイツはよくアレを食《く》らって生きてるもんだ」

それを聞いたアデリーが何か言いたそうにしているが、受けたダメージがよほど酷かったのか声も出せずに呻《うめ》いていた。

「ククク、さすが六号、よくやった。本気の装備を持ち出した私と互角《ごかく》だとは、コイツ、なかなかやるではないか……」

アデリーにぶっ飛ばされた負け犬が、掌底を食らった腹をさすりながら寄ってきた。

「アレで互角はないだろう。俺とアリスが援護《えんご》して、それでもアッサリ負けたクセに」

「うるさい、今日は呪剣《じゅけん》デッドスライサーを持って来なかったから負けたんだ。アレがあったら私が勝ってた」

スノウが子供みたいな言い訳をしながら目を逸《そ》らす中、もげ朗さんから下りたロゼが慌《あわ》てた様子で駆《か》け寄って来た。

「正義のお姉さん！　グレイスの街であたしにご飯を奢《おご》ってくれた、正義のお姉さんじゃないですか！　どうしてこんな事になってるんですか⁉」

「あ、貴方《あなた》は……水晶《すいしょう》を白く輝《かがや》かせる心を持った、ピュアガール……」

ロゼとアデリーはほんの少しだけ一緒《いっしょ》にいた程度だったはずだが、二人はいつの間に仲良くなったんだ。

まさかコイツはロゼにまで引き抜《ぬ》き工作を仕掛けていたのか……？

「フッ……。まさか貴方が、巨大ロボットの搭乗《とうじょう》員だなんてね……。私の話に耳を傾け、正義の行いに賛同してくれたのは、演技だったの……？」

「話を聞いてくれたら串焼《くしや》き奢ってあげるって言われたから、食べながら聞き流していただけですが、正義の味方って素敵《すてき》だと思います」

そのやり取りだけで二人の関係が大したものではないと知る。

「はあ……派手に負けちゃったわね……。私は頭の方の自信はないけど、戦う事に関してだけは自信があったのに……」

「奇遇《きぐう》だな。俺も頭の方はからっきしだが、戦う事だけは唯一《ゆいいつ》の取り柄《え》と言っていい」

それを聞いたアデリーが小さく笑い、そして辛《つら》そうに咳《せ》き込んだ。

戦う事を生業《なりわい》とする者同士、激闘の後はどうしても親近感が湧《わ》くものだ。

俺は、未《いま》だか細い呼吸のアデリーに。

「どうやらウチのロゼとも仲が良いみたいだし、コイツが食った串焼きに免《めん》じて、このまま拉致ってバイパーちゃんに謝らせるってのは無しにしてやるよ」

「おい六号、アデリーが思ったより瀕死《ひんし》なせいで、やり過ぎたかなとビビったんだろ」

アリスが茶々を入れてくるが、アデリーはそちらではなく別の事が気になったようだ。

「バイパーちゃん……？　ええと、私本当に何の事だか……」

…………？

「コイツ、ここまでの重傷を負って瀕死のくせに、まだ惚《とぼ》けるってどうなんだ？」

「というか、本当に何も知らないように見えるのだが……」

――と、俺とスノウが顔を見合わせ、首を傾《かし》げていたその時だった。

《この放送を聞いた付近の住民は直ちに避難《ひなん》してください。これより、このモグラ型巨大ロボットもげ朗が、皆様《みなさま》に最期《さいご》の花火をお見せします。今夜は彼の短いロボ生において、一世一代の見せ場になる事でしょう》

それはもげ朗さんにくっついたスピーカーから流れていた。

アナウンスはアリスの声だが、おそらく事前に録音した物が流されているのだろう。

「この一帯が消えてなくなるというのなら、名刀をこのまま捨て置くのは勿体《もったい》ない！　私が彼らを救ってやらねば……！」

　勝手な理屈《りくつ》をでっち上げ火事場泥棒《どろぼう》を始めたスノウに、これから起きる事を察したアデリーが、不安そうな顔でこちらを見上げ。

「……ねえ、悪い冗談《じょうだん》は止《や》めてくれない？」

「……すまんな、俺の相棒が自爆《じばく》をこよなく愛していてな。俺は散々止めたんだけど、年老いたもげ朗さんに、最期の見せ場を作るんだと言って聞かなくて……」

　この殴《なぐ》り込みの目的は、今後キサラギが舐《な》められないよう、トリスに深い爪痕《つめあと》を残す事。

同僚《どうりょう》達の手による破壊《はかい》活動を筆頭に、ハイネやラッセルによる詰《つ》め所の襲撃《しゅうげき》、スノウの火事場泥棒にグリムの呪《のろ》い。

　もう十分以上に爪痕を残した気もするが……。

《自爆はロボにとっての最期の華だ！　キサラギを舐めるなよ――！》

「バカじゃないのバカじゃないのバカじゃないの！　邪悪《じゃあく》な悪の組織の尖兵《せんぺい》共め、このままでは絶対済まさない！　あああああああ！　ああああああああああ――ッ！」

　未だ体を動かせないアデリーがもげ朗さんから離《はな》れようと必死にもがき続ける。

　その夜のアデリーの慟哭《どうこく》は、もげ朗さんが最期に見せた花火にも劣《おと》らない、敗北者だけが持つ哀愁《あいしゅう》を見せ付けた――

6

もげ朗さんが見事な花火を咲《さ》かせてから三日が経《た》った。

ここはグレイス王国城内の会議室。

ピリピリとした空気漂《ただよ》う室内で、グレイス王国の書記官が口火を切った。

「そ、それではこれより、グレイス王国及《およ》び秘密結社キサラギと、法制機関ヒイラギ間における停戦交渉《こうしょう》を始めたいと思います……」

この交渉テーブルに着くのは、こちらからはグレイス王国を代表する書記官と、その補《ほ》佐《さ》として俺とアリス。

対してヒイラギの方からは、まだあちこちに傷が残っているアデリーと、その上司と思われるイケメンの二名である。

真正面に座るアデリーが、こめかみに青筋を立ててこちらを睨《ね》め付ける中。

「まずは初めましてだ、キサラギの諸君。私の名はフリッツ。この度《たび》は部下のアーデルハイトが大変な事をしでかしてしまい、まずは謝罪を述べさせていただきたい」

銀髪碧眼のイケメンは、少し高めの上擦った声でそう言うと、深々と頭を下げた。

「きょ、局長⁉　待ってください！　私は正義を執行《しっこう》しただけで、局長が頭を下げるような事はしてません！　我々《われわれ》は被害者《ひがいしゃ》ですよ⁉　突然襲撃されたかと思えば、トリスがあんな大変な事に……！　今もなお、この連中の爪痕が残っているんですよ？　住民達は毎晩オークに好かれる悪夢にうなされて……！」

　アデリーが血相を変えて捲《まく》し立てるが、フリッツはそちらに顔も向けないまま。

「……アーデルハイト君、発言には気を付けたまえ。キミはこの度、グレイス王国で一体何をやったのかを説明しなさい」

「了解《りょうかい》です、局長！　まず私は、年端《としは》もいかない女装少年が魔法《まほう》で水を生み出さなければいけないほどに、グレイス王国が水に困っている事を知りました！　そこで、この地で採れる水精石を善良そうな商人さん達にタダで配って、彼らに安く売ってもらう事で民《たみ》の暮らしを助けようと思ったのです！」

　自信満々で胸を張るアデリーに、アリスが資料を渡《わた》して口を開いた。

「この資料を見てもらえば分かるが、お前さんが配って回った水精石、商人に転売されまくって高額で取引されてるぞ。グレイス王国は水問題に敏感《びんかん》なんだ、余計な事をされちゃ困るよ。おかげで、ティリス姫《ひめ》が水精石を密輸し、不当な利益を上げているなんて噂《うわさ》が出たんだぞ。貴族が城に押し掛《か》けてきて、そりゃもう大変だったんだ」

「えっ」

絶句し固まるアデリーの前で書記官が何度も頷《うなず》く中、アリスが更《さら》に追撃した。

「他《ほか》にも、警察でもないクセに勝手に街のパトロールをして、住民を不当に取り締《し》まったり。しっかりとした契約《けいやく》の下《もと》、互《たが》いに納得《なっとく》した上で農場で働いて貰《もら》っているオークを無理《むり》矢理《やり》逃《に》がそうとしたり。あと、お前さんがさっき言った、女装した少年を攫《さら》っていこうともしやがったな」

「ま、待って！　それらに関しては、私の中に燃え滾《たぎ》る正義の心が行き過ぎてしまったというか！　……悪かったわ、それについては謝ります。でも！」

アリスは何か言おうとするアデリーに手の平を突《つ》き出して遮《さえぎ》ると、

「代官を務めていたスノウを、不正行為《こうい》をやらかしただのと大衆の前でぶちまけて、アイツの事を貶《おとし》めていたな。あれでスノウは代官として優秀《ゆうしゅう》だったんだ。そりゃあ多少の賄《わい》賂《ろ》も受け取ったかもしれんが、見事な経営手腕《しゅわん》で誰《だれ》も困りはしなかったんだ」

「そ、それは違《ちが》うわ！　あの女がそんなに出来る人だなんて知らなかったけれど、むしろ優秀な人が不正に手を染めているのなら、やがて大変な事になっていたはずよ！」

必死に訴《うった》えるアデリーに、アリスが資料を差し出した。

「スノウはスラム街出身の孤児《こじ》で、受け取った賄賂の一部を、昔世話になった孤児院に寄付していてなあ……」

「……えっ」

意外な事実を聞かされて、アデリーが今度こそ絶句する。

これは俺も最近知った事なのだが、あの強欲《ごうよく》女にしては珍《めずら》しく、本当に孤児院に寄付をしているらしい。

最初聞かされた時はちょっと感動してしまったのだが、もちろんそれには裏があった。

スラム街に住む子供というのはとにかく目敏《めざと》い。

寄付金で孤児院の子供を手懐《てなず》けて、子供達が街で知り得た情報を集め、それを出世に活《い》かしていたそうだ。

あの女がやけに情報通なのは、つまりはそういう事だった。

「もちろん悪い事なのは分かってる。だがアイツは悪事に手を染めてまで、恵《めぐ》まれない子供達を助けてやりたかったんだろうなあ」

「まままま、待って、ちょっと待って……」

スノウの意外な一面を知ったアデリーがダラダラと汗《あせ》を垂らし始める。

……ちなみにスノウが孤児院に寄付した額は、アイツが不正に入手した金の内、一パーセントにも満たない事はもちろん言わない。

「同じ事はティリスにも言える。あの姫さんは不幸にも勇者である兄を亡《な》くし、更には失《しっ》踪《そう》した国王に代わり、健気《けなげ》にも国政を担《にな》っていたんだ。邪悪だ何だと言っていたが、アイツは最初から黒かったんじゃない。民を守るために自分から黒くなったんだ。じゃないと腹黒い貴族達と渡り合えないからな」

「!?」

まだ少女と言える年なのにそれだけの重荷を背負っていたと知り、いよいよアデリーの挙動がおかしくなる。

いいぞアリス、もうちょっと追い詰めてやれ！

「それを魔王だ何だと決め付けてお前さんが賞金まで懸《か》けたせいで、今では国の貴族やならず者に命を狙《ねら》われ、眠《ねむ》れない夜を過ごしているのさ！」

「ああああああああああああ！」

アリスに指を突き付けられて、アデリーが頭を抱《かか》えて喚《わめ》きだす。

……ティリスは賞金を懸けられた事を逆手に取って、潰《つぶ》したい貴族の前でわざと無防備な姿を晒《さら》して餌《えさ》になり、わざと襲《おそ》われたところを戦闘《せんとう》員十号に捕縛《ほばく》させるという美人局《つつもたせ》みたいな罠《わな》を仕掛《しか》けていたはずだ。

そういう事してるから水晶《すいしょう》が黒くなるんだぞと言いたいが、アデリーはそれどころではないらしく上司と目を合わせられないまま震《ふる》えていた。

……おっと、もう十分効いてるようだが、これだけは言っておかないと。

「そもそもお前がペットを逃がしたせいで、カルマ測定水晶をあそこまで光らせた善良なバイパーちゃんが大怪我《おおけが》を負ったんだぞ。ついでに言うならそれこそが、今回の戦争に発展したんだからな。オラッ、ちょっとでも悪かったと思っているなら、生まれてきてごめんなさいって謝れ、コラア！」


トリスを守護する巨大魔獣《きょだいまじゅう》は、アデリーのペットだった。

バイパーが怪我を負ったあの時も、逃げ出したペットを仲間が追い掛け、それでいつの間にか国境を越《こ》えてしまったらしい。

アデリーのペットを俺達が捕獲《ほかく》しようとしてるのを見て、最初は怪我をさせないように制圧しようとしたらしいが、暴れ回るバイパーに怯《おび》え止むなく発砲《はっぽう》したそうな。

こんなくだらない事でどうして争いになるんだとも思うが、地球でもノラ犬を追い掛けていた兵士が国境を跨《また》いだのが原因で、戦争が起きた事が実際にあったほどだ。

アデリーの顔色を見るにあと一息で心を折れそうだ。

「ごご、ごめんなさい……。私、一体どうしたら……」

自責の念に駆《か》られているアデリーに、アリスがトドメとばかりに資料を手渡し。

「お前さんがグレイス王国のアーティファクトが直った事をあちこちで言いふらしてくれたおかげで、ティリスが大変な目に遭《あ》ってるんだぞ。少しでも悪いと思ったら、賠償《ばいしょう》金に色を付けて水精石の鉱脈を……」

「待って、それについてはほんとに知らない！　それだけは私のせいじゃないから！　……その目は何ですか局長、どうか私を信じてください！」


──停戦交渉は無事に終わった。

バイパーに対する見舞金《みまいきん》は支払《しはら》うが、キサラギもやり過ぎたという事で、今回は不幸な行き違いが生み出したものであり、互いに痛み分けにしましょうという話になった。

アリスの事だからもっとぼったくるかと思ったが、血も涙《なみだ》もないアンドロイドは良心というものを学習したのかもしれない。

諸々《もろもろ》の戦後処理が片付きそうな事に安心し、アジト街へ帰ろうとしたところを、不機嫌《ふきげん》さを隠《かく》そうともしないアデリーに捕《つか》まった。

「よくもやってくれたわね」

吐《は》き捨てるように言うアデリーに、俺は鼻で嗤《わら》ってみせた。

「何だよ、なんか不満そうな顔してるな。こっちとしても大して賠償金をふんだくれなくて不満なんだよ。お前らからぶんどった賠償金で、バイパーちゃんに大量のお土産《みやげ》買っていこうと思ってたのに」

何か言いそうになったアデリーは、ギリッと歯を食い縛《しば》り言葉を飲み込んだ。

やがて息を整え身を正すと。

「今回は不覚を取ったけど、もし次があるなら負けないわ。私達は法の番人にして調停者。人々が行き過ぎた力を持たないように世界を見守り、そして全《すべ》ての悪を駆逐《くちく》する存在《もの》」

アデリーは真面目《まじめ》な顔で言い切ると。

「貴方《あなた》達はやがて知る事になるわ。私達が地上に降り立った意味。そして、かつてこの星に何があり、どうやって今の世界に至ったのかを……」

どこか寂《さび》しげな表情を浮《う》かべ、遠い目をして空を見上げた——

「聞いたかアリス。何か壮大《そうだい》な謎《なぞ》がありそうで、実はどっかで聞いたような設定を」

「おう、どうせアレだろ。過去には高度な技術を持った超《ちょう》文明が栄えていて、どっかのバカが血迷った挙げ句、世界が汚染《おせん》やらなんやらで滅《ほろ》びかけたとかそんなんだろ。で、コイツらはしばらく空にでもコロニー作って生き延びてたとか」

「なんでそこまで詳細《しょうさい》に分かるのよ！　……ち、違うわ、そんな十秒もかからない説明で終わるような、浅い話じゃないの！　ま、まあいいわ、今はまだ貴方達が知るべき時じゃない。魔王と勇者の伝承は知っているわね？　一部の人達は知っているみたいだけど、実はあの話は魔王を倒《たお》して終わりじゃないの。多少ズレたとはいえ、今に新たな神託《しんたく》が――」

妙《みょう》な事を言い出したアデリーに、俺とアリスはアジトに帰ろうと背を向ける。

「これで勝ったと思わない事ね。戦いには敗れたけれど、交渉《こうしょう》に関しては私達の勝ちと言ってもいいわ。貴方達の狙いは賠償金代わりに水精石の鉱脈が欲しかったんでしょう？」

話を聞こうとしない俺達に業《ごう》を煮《に》やしたのか、アデリーがこちらを煽《あお》ってくるが……。

「聞こえないフリをしているけれど、悔《くや》しいのが透《す》けて見えるわ！　肩《かた》が震えているわよ戦闘員ロクゴー！　私は《救済の鈍色《にびいろ》》アーデルハイト・クリューゲル！　今回は互いに痛み分けよ！　貴方達が悪の組織を名乗る以上、私は貴方の前に立ち続けるわ！」

俺はアデリーの敵対宣言を背に受けて、何も答えずその場を去った――

7

ロードバイクの灯《あか》りが真っ暗な坑道《こうどう》を照らす中、飛ばし過ぎないように進んで行く。

アジト街から結構な距離《きょり》を走ってきたが、これは坑道内にレールを敷《し》くなりしてインフラを整えた方が良さそうだ。

バイクの後ろに跨《また》がるアリスが、ひょこっと肩越《かたご》しに頭を出した。

「そろそろ目的地に到着《とうちゃく》する頃《ころ》だ。しかし、もげ朗さんもいい仕事をしてくれたなあ」

「お前は、そんないい仕事をしてくれたもげ朗さんを自爆《じばく》させて良心が痛まないのかよ」

「何言ってやがる。もげ朗さんは経年劣化が激しくて寿命が近かったからな。最期に見せ場を作ってもらえて喜んでたぞ」

「お前、ロボの寿命や気持ちが分かるって冗談だろ？　……おっと、ようやく見えてきた」

と、坑道の突《つ》き当たりに着いた俺は、バイクを止めて見上げると。

「カーッ、凄《すげ》えなおい！　これ全部水精石か！　一体いくらぐらいになるんだよ！」

俺の目の前には青みがかった石の塊《かたまり》が、壁《かべ》のようにそそり立っていた。

……ここはトリスの水精石採掘《さいくつ》場の地下深く。

トリスに侵攻《しんこう》するまでの準備期間中に、アリスとロゼがもげ朗さんの力を使い、アジト街から坑道を掘《ほ》って直結させたのだ。

最初はラッセルにやらせようとしていた仕事とやらは、つまりこういう事だった。

「トンネル掘削《くつさく》用のシールドマシンを使えば同じ事が出来るが、お前さんの悪行ポイントじゃそんな代物《しろもの》を買うにはとても足りないからな。今回は実にラッキーだった。もげ朗さんの自爆にしてもちゃんと意味があるんだぞ。トリスの地下に掘ったトンネルの一部を埋《う》めてここの発覚を遅《おく》らせ、復興に時間を使わせて、採掘再開までの時間を稼《かせ》げるって大きな意味がな」

「……なるほどなあ、向こうが街を復興させているその間に、資源をごっそり頂いちまおうってか。まったく、本当に悪いヤツだな！」

「おっと、それは言いっこなしだよ相棒。ハハハハハハハ！」

「フハハハハハハハ！」

トリスの強みは豊富な資源による資金力だった。

もげ朗さんの自爆により、今のヒイラギは採掘どころではないだろう。

こうしてコッソリ資源を頂く事は連中の弱体化にも繋《つな》がる。

今回のアリスの案は、俺達は潤《うるお》う上に敵の力も削《そ》げるという素晴《すば》らしい作戦だった。

後はここを整備してアジト街の魔族《まぞく》に採掘作業をやらせれば、雇用《こよう》も生まれるし完璧《かんぺき》だ。

ひとしきりバカ笑いした俺達は、互《たが》いに顔を見合わせると。

「アデリーが知ったら怒《いか》り狂《くる》うのは間違《まちが》いねえ。この事は絶対漏《も》らすなよ？　さっきみたいに、アデリーに勝ち誇《ほこ》った顔されても笑うなよ？」

「さっきは本当に危なかったよ。あとちょっとで噴《ふ》き出す寸前だったんだぞ」

アデリーは痛み分けと言っていたが、交渉はアリスの独り勝ちだ。

俺は、そう遠くない未来にアデリーがこの事を知った姿を思い浮かべ……。

トリスの地下深くに掘られたトンネル内に、高笑いが響《ひび》き渡《わた》った――

エピローグ

今ではすっかり溜《た》まり場と化したバイパーの執務《しつむ》室。

「バイパーちゃんバイパーちゃん、その仕事はいつ終わるの？　まだ病《や》み上がりなんだから働き過ぎはよくないよ。俺と一緒《いっしょ》にボードゲームやろうぜ」

停戦交渉《こうしょう》の日から一週間が経《た》った。

今のところ向こうから苦情も無ければ動きも無い事から、水精石《すいせいせき》の盗掘《とうくつ》に気付いている様子はない。

速乾《そっかん》コンクリートで固められた坑道《こうどう》にはトロッコ用のレールが敷《し》かれ、既《すで》にフル稼働《かどう》状態で魔族《まぞく》達が働いている。

「怪我《けが》で仕事をお休みしていた分を取り返したいのですが……。そうですね、お付き合いします。ちょっとだけ息抜《いきぬ》きしましょうか」

怪我が治った事で以前にも増して働くバイパーは、一体いつ寝《ね》ているのか心配になる。

そんなバイパーは、部屋の中を見回し微笑《びしょう》を浮《う》かべ。

（でも……。皆《みな》さんを起こさないよう、静かに遊びましょう）

唇《くちびる》に指を当て、小さな声で言ってきた。

バイパーの足下《あしもと》では犬のように丸くなったロゼとラッセルが。

更《さら》には俺が寝そべるソファーの横で、車椅子《くるまいす》に乗ったグリムがスヤスヤと眠《ねむ》っていた。

このゲームは五人まで同時に遊べるので、皆《みんな》を起こそうかと思っていたのだが仕方ない。

……と、そんな穏《おだ》やかな静寂《せいじゃく》を破るように、廊下《ろうか》から堅《かた》い軍靴《ぐんか》で歩く音が聞こえてくる。

それを聞いたバイパーが脇《わき》にあった怪人《かいじん》ヘビ女のヘルメットを慌《あわ》てて被《かぶ》り、ドアがノックの音と共に返事も待たず開けられた。

「六号、いるか!? 見ろ、この勲章《くんしょう》を！ 私は見事に返り咲いた！ そう、今回の少数での報復任務が認められ、ティリス様の騎士《きし》に返り咲いたのだ！ ハハハハハハハ！」

そう言って笑うスノウの大声に、寝ていた三人が目を覚ます。

「なによもう、人が穏やかに昼寝してるのに……。あら、スノウったら騎士に戻れたのね」

起こされて不機嫌《ふきげん》そうだったグリムだが、スノウが着けた勲章に気付き微笑《ほほえ》んだ。

――そう、この不正騎士は結局元の鞘《さや》に収まった。

ティリスとしては良かれと思っての移籍《いせき》話だったらしいのだが、スノウから騎士という唯一《ゆいいつ》のアイデンティティーを取り上げては、ただの小悪党に成り下がる。

結果、今までのようにアジトに入り浸《びた》りながら、たまにグレイス王国の兵士達を鍛《きた》えるという事に落ち着いた。

というのも戦闘員《せんとう》十号の謎《なぞ》の活躍《かつやく》により、ティリスの護衛が必要なくなったのだ。

十号が政敵の屋敷《やしき》に忍《しの》び込んで様々な不正の証拠《しょうこ》を集め、それを元にティリスが不正貴族を次々と取り潰《つぶ》していった。

現在では貴族達が反抗《はんこう》する兆《きざ》しもなく、グレイス王国もアジト街も実に平和だ。

「ああ、やはりティリス様のお傍《そば》にはこの私が相応《ふさわ》しいからな！　最近、戦闘員十号が実に使えると喜んでおられたのが気になるが、これでグレイス王国も安泰《あんたい》だ！」

そう言って再び笑うスノウに向けて。

「お前、まさかそんな事自慢《じまん》するためにここに来たのか？　俺達は今からボードゲームやるから忙《いそが》しいんだ。用がないなら帰っていいぞ」

「い、いや、自慢するために来たので真顔でそれを言われると困るのだが……。そうだ、自慢だけではないぞ！　実は、ある話を耳に挟《はさ》んだから教えてやろうと思ったのだ！」

スノウはそう言って、俺が広げたボードゲームをどこか交ざりたそうに眺《なが》めながら。

「魔族領の奥に広がるグルネイドという国で国宝の魔導石が魔獣《まじゅう》に強奪《ごうだつ》され、混乱が起こっているらしいのだ。これを失うと、かの国は立ち行かなくなる。……どうだ、我が国を混乱に陥《おとしい》れた、魔獣を操《あやつ》るどこかの機関を連想しないか？」

そう言ってドヤ顔を見せるスノウだが、起こされ目をしぱしぱさせていたラッセルが、ふと何かに気付いたように。

「ねえ、それってトラ男じゃないよね？」

そんな、誰《だれ》もが否定出来ない事を言い放つ。

「……ねえスノウ、その魔導石強奪を行った魔獣の情報って何かない？」

汗《あせ》を垂らしたグリムの言葉に、スノウが目を泳がせながら。

「……二足歩行の魔獣で、人語を理解している様子があり……」

「やっぱりそれってトラ男じゃないの？」

嫌な予感が収まらないのか、部屋から出て行こうとするグリムを捕《つか》まえていると、ラッセルのツッコミを受けたスノウがドア前に立ち、こちらに背中を向けながら。

「…………強奪に使われた魔獣はにゃーと鳴く事から、ネコ科の魔獣であるとみられ……」

「トラ男じゃん！　ねえ、それって絶対トラ男じゃん！　皆、現実逃避《とうひ》はやめて認めようよ！　聞かなかったフリをしても、今さら遅《おそ》いよ！」

あとがき

このたびは、『戦闘員《せんとういん》、派遣《はけん》します！』６巻を手に取っていただきありがとうございます、作者の暁《あかつき》なつめです。

六号が侵略《しんりやく》しにきたこの星には、空に浮《う》かぶ謎《なぞ》の城や、あちこちに眠《ねむ》る遺跡《いせき》の数々、グレイス王国の街中に置かれた朽《く》ちた戦車、雨を降らせるアーティファクトなど、様々なオーバーテクノロジーが存在します。

今回登場した勢力はそれらと密接に関係しているので、今後少しずつ謎が解き明かされていく事になるでしょう。

アリスに爆破《ばくは》されたもげ朗さんも、『砂の王』の砂漠《さばく》化活動に対抗《たいこう》するために作られた、土壌《どじよう》開発用巨大《きよだい》ロボットだったりするのですが、そこら辺は物語の中では明かされる事もなさそうなので、こっちでコソッと触《ふ》れておきます。

さて、今巻の説明はこのぐらいにして、前巻あとがきにあった重大発表ですが……。

なんと戦闘員のテレビアニメ化が決定しました、やったあひゃっほう！

自分の生み出したキャラクター達に声が付き、アニメで動いてくれるというのは原作者にとってこの上なく嬉《うれ》しいものですが、このすば、けものみちに続いて戦闘員もアニメ化だなんて、そろそろ運を使い果たして何かオチがあるんじゃないかと怯《おび》えています。

声優さん達に、こんな事言わせてすいませんと謝る準備も出来ています。わりと下ネタが多いので、本当にこれを放送するのか感もありますが、このすばがいけたんだから大丈夫だよねと自分に言い聞かせています。

そういえば、刊行までに随分《ずいぶん》間が空いてしまいましたが、別シリーズのこのすばを完結させたので燃え尽《つ》きていたという言い訳をしてみます。

特に体調を崩《くず》したとか作者が逃《に》げたとかそんな事はないので心配しないでください、アニメ化も決まった事ですし頑張《がんば》ります。

というわけで今巻も締め切りを何度も破り、カカオ・ランタン先生をはじめ、多大な人達に迷惑を掛《か》けまくりましたが、それでもなんとか刊行にありつけたのはそんな関係者の皆《みな》さんのおかげです。

出版に携《たずさ》わってくれたそんな皆様に、謝罪とお礼を言いつつ。

この本を手に取ってくれた全ての読者の皆様に、あらためて深く感謝を！

暁《あかつき》　なつめ

戦闘員《せんとういん》、派遣《はけん》します！6

著　暁《あかつき》 なつめ

角川スニーカー文庫　22150

2020年9月1日　初版発行
2021年3月15日　3版発行

発行者　青柳昌行

発　行　株式会社KADOKAWA
〒102-8177 東京都千代田区富士見2-13-3
電話　0570-002-301（ナビダイヤル）

印刷所　株式会社暁印刷
製本所　株式会社ビルディング・ブックセンター

◇◇◇

●お問い合わせ
https://www.kadokawa.co.jp/（「お問い合わせ」へお進みください）
※内容によっては、お答えできない場合があります。
※サポートは日本国内のみとさせていただきます。
※Japanese text only

Printed in Japan　ISBN 978-4-04-109537-9　C0193

★ご意見、ご感想をお送りください★
〒102-8177 東京都千代田区富士見 2-13-3
株式会社KADOKAWA　角川スニーカー文庫編集部気付
「暁 なつめ」先生
「カカオ・ランタン」先生

角川文庫発刊に際して

角　川　源　義

第二次世界大戦の敗北は、軍事力の敗北であった以上に、私たちの若い文化力の敗退であった。私たちの文化が戦争に対して如何に無力であり、単なるあだ花に過ぎなかったかを、私たちは身を以て体験し痛感した。西洋近代文化の摂取にとって、明治以後八十年の歳月は決して短かすぎたとは言えない。にもかかわらず、近代文化の伝統を確立し、自由な批判と柔軟な良識に富む文化層として自らを形成することに私たちは失敗して来た。そしてこれは、各層への文化の普及滲透を任務とする出版人の責任でもあった。

一九四五年以来、私たちは再び振出しに戻り、第一歩から踏み出すことを余儀なくされた。これは大きな不幸ではあるが、反面、これまでの混沌・未熟・歪曲の中にあった我が国の文化に秩序と確たる基礎を齎らすためには絶好の機会でもある。角川書店は、このような祖国の文化的危機にあたり、微力をも顧みず再建の礎石たるべき抱負と決意とをもって出発したが、ここに創立以来の念願を果すべく角川文庫を発刊する。これまで刊行されたあらゆる全集叢書文庫類の長所と短所とを検討し、古今東西の不朽の典籍を、良心的編集のもとに、廉価に、そして書架にふさわしい美本として、多くのひとびとに提供しようとする。しかし私たちは徒らに百科全書的な知識のジレッタントを作ることを目的とせず、あくまで祖国の文化に秩序と再建への道を示し、この文庫を角川書店の栄ある事業として、今後永久に継続発展せしめ、学芸と教養との殿堂として大成せんことを期したい。多くの読書子の愛情ある忠言と支持とによって、この希望と抱負とを完遂せしめられんことを願う。

一九四九年五月三日